현직 교사의 좌충우돌 교실 이야기

울지 않는 아이

현직 교사의 좌충우돌 교실 이야기

울지 않는 아이

글. 김호준

맑은소리
맑은나라

Prologue

울지 않는 아이

우는 아이에게 젖 준다는 속담이 있다.
자기주장이 강한 아이들은 관심을 끌고 이로움을 끌어들일 줄 안다.

행정업무를 처리하느라 컴퓨터 화면에 얼굴을 바짝 붙이고 마우스를 분주하게 움직이고 있었다.
"택배 주문한 선생님, 안 계십니까?"
동료 가운데 한 명이 일어서서 택배 주문한 교사를 찾느라고 목청을 높였다. 공문을 처리하면서도 학교로 택배 주문한 적이 있는지 기억을 떠올렸다. 수업 시간이 다가왔다. 얼굴을 컴퓨터 화면에 더 바짝 붙이고 마우스를 딸각이며 작업에 속도를 냈다. 공문을 완성하고 마지막 엔터키를 누르고 수업 준비를 끝내고 자리를 일어날 때였다.
"아저씨, 택배 기사 아닙니까?"
소리 나는 곳으로 고개를 돌렸다. 20대 초반으로 보이는 청년이 고개를 숙인 채 동료 교사의 질문에 답하지 못하고 절절매고 있었다. 고개를 숙이고 있어 그의 정면 얼굴은 정확하게 보지 못했다. 당황했는지 손을 머리로 가져갔다. 잠시 뒤 그가 손을 내리고 고개를 들었다. 난처한 표정을 짓고 있는 정면 얼굴이 보였다.

"야, 경구(가명)아이가!"

그 말이 나오자 청년은 고개를 들고 어두운 터널에서 비상 불빛이라도 본 듯한 표정을 지었다.

택배기사가 아니라 졸업생 경구였다.

그는 체육대회 반 축구 대표로 운동장을 뛰면서도 축구공을 힘껏 찬 적 없었다. 축제 때 무대에 올라 아이돌 노래 부르거나 춤을 춘 적도 없었다. 공부에 재능이 있어 교사나 동급생들의 주목을 끌지도 못했다. 그렇다고 밥 먹듯이 교칙을 위반하여 교무실을 출입하지도 않았다. 경구의 존재감은 태양 아래 켜둔 형광등하고 비슷했다. 그랬기에 단박에 그를 알아보는 교사가 없었다.

경구는 자기 이름을 부르는 소리가 들리자 몸을 굽히고 내 책상 옆으로 다가왔다. 택배 기사로 오해받은 터라 당황해했다. 경구가 다가왔을 때 손을 잡고 플라스틱 의자를 내밀었다.

"군대 영장 받았나?"

우리학교는 사립이다. 교사들 변동이 없는 편이다. 남학생들은 졸업 뒤 입대 영장을 받으면 학교를 방문해 인사하곤 했다. 그런 형편을 알기에 단도직입적으로 물었다.

"예. 삼, 삼, 삼학년 담임 선생님을 뵙기 위해 왔습니더."

"니, 졸업한 뒤 교무실을 네 개로 나누었다. 그래서 니 담임이 보이지 않았던 기라. 니 담임 선생님 성함이 우찌 되노?"

"박성철 선생님(가명)인데요?"

"박 선생님은 동편 2층 3학년 교무실에 있다이가. 그리 가몬 될기야. 그라고 경구 너 학교 다닐 적에 환경소년단 했다이가?"

"예, 맞습니더."

"그라고 너거 동네 가는 버스가 하루가 네 대 정도 있었다이가. 그래서 니는 야간 자율학습할 때 막차 탈 끼라꼬 항상 저녁 일곱 시 되몬 나갔다이가?"

"그렇심니더. 그런데 선생님이 그런 사정을 어떻게 아십니꺼?"

"니는, 내 뒤통수에도 눈이 붙어 있는 거 몰랐더나?"

경구는 자신의 학창시절 행적을 기억해 주고 말해 주자 움츠렸던 어깨를 펴며 웃기 시작했다. 큰맘 먹고 학교를 찾은 경구가 웃었다.

경구가 1학년 때 직접 담임은 하지 않았다. 수업에 들어가고 같은 학년 담임을 했다. 경구는 수업 시간이나 자습 시간에 말하는 것을 본 적이 없었다. 한마디로 울지 않는 아이였다.

경구가 학교에서 생산된 쓰레기를 처리하는 환경소년단 활동을 했다. 대입 수시전형이 확대된 뒤로 대학은 학생들한테 봉사활동 시간도 요구했다. 학생들은 주말이나 방학이면 봉사활동이 필요한 시설을 찾아 봉사활동을 해야 했다. 환경소년단원들은 학교에서 매일 활동을 하기에 주말이나 방학을 이용해 따로 봉사활동을 나가지 않아도 됐다. 봉사활동 시간을 확보하기엔 안성맞춤이었다. 환경소년단 활동한 경험을 바탕으로 자기소개서를 쓸 때도 도움까지 얻을 수 있었다. 그런 형편이라 환경소년단은 학생들이 선호하는 동아리 중 하나로 자리 잡았다.

그런데 환경소년단에 우는 아이들이 끼어들었다. 20분 남짓 되는 청소 시간에 각 교실, 교무실에서 쏟아져 나왔다. 우는 아이들은 그 광경을 보면서 뒷짐 지고 있었다. 지도교사는 우는 아이들한테 언성을 높였다. 그렇다고 우는 아이들이 교사의 말을 진지하게 들을 리 없었다.

울지 않는 아이인 경구는 밀려드는 쓰레기를 분리하느라 검은 교복에 먼지를 둘러쓰고 이마에 구슬땀을 흘렸다. 환경소년단에 경구처럼 울지 않는 아이들이 여럿 있었다. 울지 않는 아이들은 소리 없이 세상을 움직이는 철처럼 울지 않고 밀려드는 쓰레기를 처리했다. 모래 속에 파묻힌 사금 같은 울지 않는 아이들은 졸업한 뒤에 학교로 오는 경우가 드물었다.

울지 않는 아이, 경구가 졸업하고 큰맘 먹고 입대한다고 학교에 찾아 왔다.
택배 기사로 오해받았다.
끝내 졸업생이라고 울지 않았다.

그날 이후 경구를 학교에서 다시 본 적 없다.

경구는 울지 않는 군인이었을 것이다.
벌써 전역했겠다.
취업할 나이가 지났다.
경구는 울지 않는 직장인일 것이다.

울지 않는 경구의 울음소리를 들을 줄 아는 직장상사가 곁에 있기를 기도한다.

차례

01

현직 교사의 좌충우돌 교실 이야기 **울지 않는 아이**

염화미소拈華微笑를 보았다

“선생님, 현빈이 형하고 우리 현빈이 저 혼자서 잘 키워 왔습니다.”
나지막하면서도 신심 깊은 목소리였다. 삶을 이겨내고 있는 의지가 깃든 울림이었다.
현빈이 어머니 얼굴에서 염화미소拈花微笑를 보았다.

염화미소拈華微笑를 보았다

교직 1년 차 담임할 때는 철부지 비슷했다. 학생들과 나이 차도 얼마 나지 않았기에 거리감이 없었다. 학부모님들도 신뢰하는 편이었다. 그러다 보니 어깨에 힘이 조금 들어갔다. 학생들과 학부모들이 첫 담임한다고 잘 봐 준 것이었다.

2년 차 담임 첫날 학생들을 입학식 때 만났다. 입학식을 끝낸 뒤 교실로 갔다. 빈자리가 눈에 들어왔다. 입학 첫날부터 결석한 학생이 있었다. 다음날은 수업 중 두 명이 무단 조퇴해 퇴근하고 찾으러 다녀야 했다. 한 달 뒤에는 가출하는 학생들까지 바람 잘 날 없는 나날이었다. 우리 반 수업 분위기조차 어수선해 수업 들어가는 교사들이 힘들어했다.

우리 반은 수업료, 급식비, 보충수업비, 우유급식비, 교과서 대금 등이 밀려 마음고생이 심한 학생들도 많았다. IMF구제금융 시대 후유증으로 국민들이 힘들어하던 시절이었다. 그때는 지금과 달리 정부 지원도 넉넉하지 않았다. 그때도 기초생활보장수급권자는 지원을 받았다. 그런데 차상위 계층은 학비지원신청서를 제출하면 건강보험료를 기준으로 심사하여 지원했다. 그 기준에 해당되지 않는 차상위 계층 학생들은 학비지원을 받을 수 없어 어려움을 겪었다.

2년차 교사로서 학급 생활지도와 학비 미납금 해결문제는 두껍고 높은 벽이었다. 그 벽을 응시하며 뚫어 보고 싶었다. 하지만 벽을 넘지 못하고 일 년을 보내고 말았다. 다른 직종 같으면 실패에 대한 대가를 치러야 한다. 교사는 다른 직종과 달리 그 벽을 넘지 못해도 대가를 치르지 않았다. 하지만 마음의 빚은 진하게 남았다. 돌아보면 2년 차 담임은 1라운드 시작과 동시에 큰 주먹을 맞고 그로기 상태에 몰린 복서처럼 하루하루를 보냈던 것 같다.

3년차 담임 때는 지난 실패를 되풀이하고 싶지 않았다. 지난 일 년의 실패를 만회하고 싶었다. 3월 첫날부터 방과 후에 학비지원이 필요한 학생들과 면담을 시작했다. 면담 중에 차상위 계층에 해당하는 학생들한테는 무조건 학비지원신청서를 건넸다.

3일째 되는 날 마지막 현빈(가명)이와 면담했다. 아버님이 어릴 적에 돌아가셨다고 했다. 어머니가 생계를 유지한다고 말했다. 눈가가 촉촉해진 현빈이를 보면서 학비지원신청서를 내밀었다. 현빈이도 말없이 신청서를 가방에 넣었다.
현빈이가 돌아간 뒤 서랍을 열었다. 현빈이 어머니가 납부하는 국민건강보험료를 살폈다. 학비지원 대상자에 기준에 해당하는 금액이었다. 학비지원 대상자로 선정되면 현빈이 부담도 덜고 어머니의 힘도 줄겠다 싶었다.
다음날 현빈이가 학비지원신청서를 갖고 오길 기다렸다. 현빈이가 교무실로 찾아오지 않았다. 부끄러워서 신청서를 제출하지 않는 것 같다고 넘겨짚었다. '현빈이 처지를 고려해야지' 하면서 신청서를 제출하라고 재촉하지 않았다. 현빈이 미납금이 있을 것 같았다. 미납금부터 확인해야 지원책을 찾을 것 같았다. 학교 행정실로 찾아갔다. 행정실 직원한테 현빈이 이름을 말하고 확인을 부탁했다. 컴퓨터로 검색을 마친 직원은 현빈이는 미납금이 없다고 했다. 믿어지지 않아 다시 확인을 부탁했다. 행정실 직원은 "현빈이는 미납금이 없는데요."라고 되풀이했다.

한 달이 지나도록 현빈이는 학비지원신청서를 가져 오지 않았다.
마침 그해는 학교에서 학생들의 정확한 가정형편을 알기 위한 목적으로 가정방문을 실시했다. 현빈이가 어머니한테 신청서를 보여주지 않았다고 단정했기에 잘됐다 싶었다. '나도 방법이 있다' 하면서 현빈이 집은 마지막 날 방문하기로 계획을 잡았다. 어머니한테 직접 학비지원신청서를 받을 요량이었다.

가정방문 마지막 날이었다.

수업을 마치고 현빈이와 같은 동네에 사는 학생들과 교문을 나섰다. 교문을 나서면서 현빈이 집을 마지막으로 방문할 수 있게 동선을 구상했다. 현빈이가 버티기라도 하면 어머니하고 이야기가 길어질 수 있기 때문이었다. 다른 학생들 집 방문을 끝내고 난 뒤 현빈이만 남았다. 현빈이는 뒷모습을 보이면서 걸었다. 어깨도 쫙 펴고 걸었다. 턱을 당기고 허리를 펴고 팔도 적당히 흔들면서 걸었다. 현빈의 자신 있는 뒷모습을 보면서 뒤따라갔다. 양복 안주머니에 넣어두었던 학비지원신청서를 다시 확인했다.

외벽에 거미줄처럼 가는 금이 보이는 5층 연립주택으로 현빈이 들어갔다. 연립주택 외벽 페인트 칠은 벗겨졌다. 지면과 닿은 외벽 아래 부분은 시멘트가 버석거렸다. 현관 앞에 멈춰서더니, '여기가 우리집인데요' 하는 표정을 지었다. 현빈이를 따라 현관으로 들어섰다. 현빈이는 계단으로 걸어 올랐다.

1층 계단 난간에 녹슨 자전거가 자물쇠에 채워져 있었다. 그 옆으로 비켜 2층에 올랐다. 거기에도 입주민이 세워둔 세 발 자전거가 길을 막았다. 다음 층 복도에는 낡은 서랍장이 버티고 있었다.

4층으로 올라가는 계단은 깔끔하게 정리되어 있었다. 현빈이는 4층에 오르자 주머니에서 열쇠를 꺼내 현관문을 열더니 "선생님, 들어가시지요."라고 말했다.
현빈이 집 현관에 들어서자 정갈한 향냄새가 온몸을 감쌌다. 현관 입구에는 신발이 예불 올리듯 놓여 있었다. 구두를 벗고 거실로 들어서자 벽에 걸린 관세음보살상이 미소로 맞아 주었다. 현빈의 안내로 거실에 앉았다. 법당을 찾은 기분이 들면서 머리까지 맑아졌다. '어떻게 이렇게까지 상쾌할 수가 있지' 라면서 집안을 쓱 둘러 보았다.
전체 평수는 열세 평 정도 됐다. 주방과 거실, 작은 방이 두 개 있는 구조였다. 거실 바닥은 먼지 하나 찾을 수 없을 만큼 정갈했다. 주방에 설거지를 끝낸 그릇들은 실내 장식물처럼 제자리를 지키고 있었다. 관세음보살상 그림 아래에는 포단이 있고 그 위에 백팔염주가 놓여 있었다. 현빈이가 "어머님이 매일 기도정진을 한다"하고 했다.
잠시 뒤 현관문이 열리고 현빈이 어머님이 들어왔다. 단아한 얼굴에 맑고 투명한 피부 자애로운 미소를 지녔다. 그림 속 관세음보살을 닮았다. 자리에서 일어나 "현빈이 담임입니더."하면서 고개를 숙였다. 현빈이 어머니는 인사를 끝낸 뒤 주방에서 사과를 깎아 내왔다.
커피와 사과를 권했다. 커피를 다 마셨다. 커피잔이 비워지기를 기다리던 현빈이 어머니가 말했다.
"선생님, 현빈이 형하고 우리 현빈이 저 혼자서 잘 키워 왔습니다."
나지막하면서도 신심 깊은 목소리였다. 삶을 이겨내고 있는 의지가 깃든 울림이었다.

현빈이 어머니 얼굴에서 염화미소拈花微笑를 보았다.

양복 안주머니에 있던 학비지원신청서를 꺼낼 수 없었다.

(2017.12.30.)

02
현직 교사의 좌충우돌 교실 이야기 울지 않는 아이

가야 된다꼬?

그 교사의 계약 기간이 다가올 때 법화경에 나오는 회자정리 거자필반 會者定離 去者必返을 나름대로 해석하고 마음의 준비를 했다.

"만남이 있으면 이별이 있으니 만날 때 서로 서운한 감정을 만들지 않기 위해 노력해야 한다, 이별을 대비하고 헤어질 때 너무 슬퍼하고 아쉬워하지 않을 일이며 지혜롭게 대응하자."

가야
된다꼬?

교단에서 2월은 이별의 달이다. 졸업식이 있다. 학생들을 떠나보낸다. 정들었던 동료 교사들과 이별하기도 한다. 정년퇴직, 명예퇴직하는 교사들과 헤어진다. 기간제 교사들의 계약이 끝나는 달이기도 하다.

그러니까 3년 전 학생부장 소임을 맡을 때였다. 생물을 담당하는 기간제 교사가 계약을 맺고 학생부로 왔다. 학생부 교사들은 거친 영혼을 지닌 학생들과 최일선에서 만나야 한다. 그 교사는 웃으면 눈이 보이지 않았다. 볼에 젖살이 빠지지 않아 어려 보였고 귀엽기까지 했다. 거친 학생들을 표정으로 위압할 인상은 아니었다. 그랬기에 '학생부 일을 잘할 수 있을까' 걱정도 했다.

우려와 달리 거친 학생들이 인상을 쓰고 고함을 치더라도 목소리를 높이지 않고 부드럽게 학생들을 설득하는 기술이 돋보였다.
컴퓨터도 능숙하게 다루었다. 나이 든 교사들은 새 컴퓨터 프로그램이 오면 당황한다. 그는 선배 교사들이 컴퓨터 다루다가 당황해하면 달려가 단숨에 해결해 주기도 했다. 그러면서도 우쭐거리는 모습을 보이지도 않았다.
그 교사는 체육 교사를 꿈꾸었다고 했다. 체대 입시 준비를 하다 예기치 않은 사고로 다쳐 꿈을 접었다고 회식 자리에서 얼핏 말했다. 학생들과 축구 하는 모습을 보았다. 공을 능숙하게 다루면서 수비 보는 학생 대여섯을 쉽게 따돌리고 골대 안으로 공을 차넣는 모습을 보고 손뼉을 쳤다. 말은 감추고 일이 있으면 달려가 몸으로 증명하는 모습이 보기 좋았다. 학교 현장에서 그런 후배들을 만나면 괜시리 기분이 좋았다. 그런 교사들이 많으면 많을수록 학생들한테 많은 도움을 줄 수 있기에 그렇다.
요즘 젊은이들답지 않게 용기도 있었다. 계약직 교사 신분이었지만 두려워하지 않고 결혼하고 딸 둘을 낳았다. 책상에 아내와 딸 둘의 사진을 두고 사랑스럽게 바라보곤 했다. 취업, 결혼, 출산까지 포기한다는 삼포 세대라는 말을 무색하게 만들었다.
1년 전 2학년 부장을 맡게 됐다. 부장과 기획으로 그 교사와 함께 근무했다. 그 교사는 4월부터 9월까지 수학여행 코스를 선정하고, 계획을 세우고, 답사까지 함께 다녀왔다. 그 교사가 수학여행을 전담하다시피 했다. 여행 책자를 참고하고 인터넷으로 검색하여 견학 장소를 선정하고 식당과 숙소 예약하기까지 일사천리로 해치워 나갔다. 2학년 담임들은 그 교사의 노력으로 학생들이 무탈하게 수학여행을 마치고 집으로 돌아가는 것을 볼 수 있었다.

직장에서 한 몸처럼 뜻이 잘 맞는 직원을 만나는 것은 행운이다. 그 교사와 근무하면서 그런 행운을 만났다 싶었다. 그렇지만 마음 한구석에 회자정리會者定離를 새기고 있어야 했다. 그를 붙잡아 둘 수 없는 현실을 알았기에 마음에 빚을 진 기분이었다. 그 교사를 위해 해 줄 것이 없었다. 가끔 회식 자리를 마련해 밥 먹고 술 한잔 마시는 것으로 아쉬움을 달랬다. 그가 회식비용을 부담하려고 하면 "선배 월급엔 후배들 술값, 밥값이 포함돼 있는 거여."하면서 말리고 계산했다.
그 교사의 계약 기간이 다가올 때 법화경에 나오는 회자정리 거자필반會者定離 去者必返을 나름대로 해석하고 마음의 준비를 했다.
"만남이 있으면 이별이 있으니 만날 때 서로 서운한 감정을 만들지 않기 위해 노력해야 한다, 이별을 대비하고 헤어질 때 너무 슬퍼하고 아쉬워하지 않을 일이며 지혜롭게 대응하자."
1월 말이었다. 그가 전화를 해왔다.
"올해 학급이 감축되어 떠나야 할 것 같습니다."
"가야 된다꼬?"
"다른 학교 홈페이지에 접속해 계약직 교사 모집 공고를 검색하고 있습니다."

"…."

그동안 준비해왔던 마음의 준비가 소용없었다.

"가나?"

한참 뒤에 겨우 한마디 했다.

"저녁이나 한 그릇 하지."

그와 지낸 3년 동안 아쉬운 마음이 들 때마다 했던 말을 했다.

"오늘 저녁에 만나시죠."

"알았구마."

장소를 정한 다음 집에서 나와 이동하는 중에 그 교사의 처지를 돌아봤다. 계약은 끝나 버렸다. 갈 곳은 정해지지 않았다. 아내가 있다. 딸 둘은 어리다. 육아비용은 만만찮다. 고민거리가 더 생겼다. 교사의 자격은 무엇인가? 임용고사를 통과하면 교사 자격을 다 갖추는가? 인성 좋고 수업, 행정 능력을 갖춘 기간제 교사는 계약이 끝나면 떠나야 하는데….

어느덧 약속장소에 닿았다. 구석 자리에 그 교사가 먼저 와 있었다. 서로 소주잔을 기울이며 말이 없었다. 술이 어느 정도 돌았다. 사내의 숙명, 가장家長의 길을 이야기했다. 교사의 길을 걸을 것인지? 다른 길을 찾을 것인지?

마지막 잔을 비웠다.

그가 버스 타는 정류장까지 걸었다. 침묵이 이어졌다.

"부장님하고 함께 지낸 3년 좋았습니다."

그가 침묵을 깼다.

"뭐라쿠노?"

그가 웃으며 말했지만 웃어도 웃는 것이 아니었다. 그의 웃는 얼굴이 마음을 찌리하게 만들었다. 버스가 왔다. 버스를 향해 걸어가는 계약직 교사의 뒷모습을 바라보았다.

우리는 등을 돌리고 각자 집으로 향했다.

집으로 돌아오는 길에 하늘을 올려다봤다. 허무한 달빛이 보였다. 허공에 그의 책상에 있던 가족사진이 떠올랐다. 네 살, 돌 지난 딸, 계약직 교사로 근무하다 출산 휴가 중인 그의 아내 얼굴이었다. 수학여행 답사 다녀온 뒤 마련한 회식 자리에 따라와 해맑게 웃던 그 교사의 딸 웃음소리가 들리는 듯했다.

(2018.1.30.)

03
현직 교사의 좌충우돌 교실 이야기 울지 않는 아이

무심無心한 관찰자

개척자가 되어 학생들을 이끌고 가는 교사상을 꿈꾸었다. 강의를 들으며 개척자가 되겠다는 마음을 항복받았다. 학생들이 지나간 길 뒤를 따르겠노라 다짐했다.
무심無心한 관찰자로 바뀔 마음을 냈다.

무심無心한 관찰자

사람들이 모인 곳은 청소가 필요하다. 학교도 사람들이 모이는 곳이니까 환경을 유지하기 위해 청소를 해야 한다. 그러면 청소는 누가 할까? 고등학교에 학부모가 와서 해 줄 리 없다. 정부에서 교실 청소를 담당하는 인력을 보내줄 리 없다. 교사가 교실 청소를 혼자 도맡아 할 수도 없는 노릇이다.

청소와 얽힌 이야기를 한다.

올해 고3 담임을 맡았다. 조회 시간에 교실 청소와 특별구역 청소 당번을 정했다. 7교시 수업이 끝나면 청소시간이다. 수업을 끝낸 뒤 교실청소 지도를 위해 교실로 올라갔다. 담임 맡은 반은 교무실에서 몇 걸음

되지 않는다. 교무실 문을 나서자 우리 반 학생 둘이 쓰레기통을 들고 분리 배출장으로 향하는 뒷모습이 보였다. 교실 미닫이문을 드르륵 열었다. 책상은 벌써 교실 뒤쪽에 모여 있었다. 여학생 다섯 명은 허리를 숙이고 빗자루로 교실 바닥을 쓸고 있었다. 바닥 쓸기가 끝나자 한 학생은 쓰레받기에 쓰레기를 쓸어 담았다. 그 뒤 다른 학생은 기름걸레로 바닥을 닦았다. 교실 앞 바닥 청소가 끝나자 이번에 뒤에 끌어다 놓았던 책상을 앞으로 보낸 뒤 청소를 마무리했다. 여학생들이 신속하고 정확하고 정성스럽게 청소를 끝내버렸다.

"정말 청소 잘하네. 어찌 된 기고?"

"선생님, 이게 정상 아니에요."

한 학생이 대수롭지 않게 대답했다.

그런데 낯설고 신기한 장면이었다. 왜 그럴까? 기억을 더듬어 보았다. 2년 동안 거친 학생들이 모인 반을 맡았다. 그때 청소하는 장면이 떠올랐다. 수업을 끝낸 뒤 청소지도를 하기 위해 교실로 올라간다. 책상 위엔 책과 공책이 펼쳐져 창으로 불어오는 바람에 책장이 날린다. 의자가 뒤집혀 있다. 쓰레기통 주변에는 물휴지가 떨어져 있다.

마음이 약한 학생 한둘이 책상과 의자를 뒤로 민다고 낑낑댄다. 그 외 청소 당번 학생들은 보이지 않는다. 열 사람이 한 번만 하면 될 일을 한 사람이 열 번을 하는 장면을 본다. 나머지 청소 당번 학생들을 찾으러 복도로 나간다. 배짱 센 학생은 다른 반 친구들과 복도에서 잡담하거나 장난을 치고 있다. 담임을 보고도 교실로 올 생각을 하지 않는다. 약간 배짱 있는 학생들은 담임을 못본 척 한다. 담임이 오는 반대 방향으로 달아난다. 재미난 친구들도 있다. 청소가 끝난 뒤 종례할 때 교실에 나타난다.

"니는 청소 시간에 어디 갔더노?"

"화장실 다녀왔는데요."

"화장실에 10분 동안 있었더나?"

"그런데요."

그런 학생들도 청소에 동참시켜야 했다. 그런 학생들 앞에 선다. 목소리를 고저高低 없이 낮게 유지하며 "가자. 청소하러."라고 말한다. 따라오지 않는다. 계속 말한다. 달팽이보다 더 느리게 따라온다. 어렵게 교실로 오면 벽에 기대선 채 마음 약한 학생이 청소하는 광경을 구경한다. 다가가 빗자루를 건넨다. 한 번 담임을 훑어보면서 허리 숙이지 않고 빗자루로 교실 바닥에 바람을 일으킨다.

2년 전 특이한 청소장면을 접했을 땐 순간 화가 났다. 불자佛子가 화를 낼 까닭은 없었다. 그때 불교방송에서 소개한 정신과 의사인 전현수 선생님이 쓴 〈정신과 의사가 붓다에게 배운 마음치료 이야기〉란 책을 읽고 있었다. 그 책에 화가 지속되는 시간은 90초기 때문에 기다려라, 란 구절이 있었다. 책을 읽었으면 실천해야 한다. 실천하지 않으면 독서한 노력은 헛고생이 된다.

청소광경을 보고 기다리고 마음속에 떠오르는 화를 보며 호흡에 집중했다. 화는 사라졌고 그의 다정한 친구인 고함은 찾아오지 않았다. 그러면서 요즘 학교상황을 둘러보았다.
작은 의협심에 의지하여 화를 내고 고함을 치고 체벌을 한다고 치자. 이전 학교 현장에서는 흔한 풍경이었다. 그땐 통했다. 지금 그런 기억에 의지해 의협심을 발휘한다면 후폭풍이 만만찮다. 원인과 과정은 생략된 채 나타난 결과에 끄달리는 순간을 살아내야 한다. 학생의 바른 성장을 돕겠다는 의지를 알아줄 리 없다.
교사가 그런 상황을 만들지 않았다. 교사 개인의 의지로 극복할 수 있는 일도 아니다. 그런 한계 상황을 지켜보는 것은 유쾌한 일이 아니지만 인정해야 하는 현실이다. 그런데 그런 상황을 인정하기는 쉽지 않았다. 교사 역할을 포기하는 것 같기도 했다.
마음의 변화는 필요한 시점이었다.

부산열린불교아카데미에서 선요禪要 강의를 들었다. 강의 중에 ("옳고 그름을 따지는 마음을 없애라.") 무시비분별지심無是非分別之心이란 말을 들었다. 노도 잃고 닻도 부러진 배에 올라 깜깜한 바다를 건너다 등대 불빛을 만난 심정이었다. 마음속에 정한 교사상相을 없애야 한다는 말로 들렸다.
개척자가 되어 학생들을 이끌고 가는 교사상을 꿈꾸었다. 강의를 들으며 개척자가 되겠다는 마음을 항복받았다. 학생들이 지나간 길 뒤를 따르겠노라 다짐했다.

무심無心한 관찰자로 바뀔 마음을 냈다.

(2018.3.10.)

사공과 행인

흙발로 배에 오른 행인이 기억난다.
학기 초, 노를 젓기 전 배에 오른 행인들 숫자부터 헤아렸다. 한 명이 보이지 않았다. 배 젓기를 포기하고 그 행인의 행방을 수소문하기 시작했다. 그러자 그 행인을 기다리던 다른 행인들이 말했다. 그 행인은 중학교 때부터 배에 오를 시간에 나루터 근처를 쏘다녔다 했다.

사공과
행인

담임이 사공이라면 학생은 행인이다. 담임은 1년 동안 노를 저어 행인들을 강 건너편으로 보내야 한다. 깊으나 얕으나 노를 저어야 한다. 행인이 타면 어ᄉ와 기합을 내지르면서 지국총 지국공 노를 저어야 한다. 나룻배에 얌전히 앉은 행인도, 흙발로 배를 마구 짓밟는 행인도 안고 지국총 지국총 어ᄉ와 기합을 넣고 노를 저어야 한다.

흙발로 배에 오른 행인이 기억난다.

학기 초, 노를 젓기 전 배에 오른 행인들 숫자부터 헤아렸다. 한 명이 보이지 않았다. 배 젓기를 포기하고 그 행인의 행방을 수소문하기 시작했다. 그러자 그 행인을 기다리던 다른 행인들이 말했다. 그 행인은 중학교 때부터 배에 오를 시간에 나루터 근처를 쏘다녔다 했다.

교무수첩을 펼치고 그 행인의 가정환경부터 살폈다. 그의 아버진 꽤 괜찮은 기업 간부 사원으로 근무했다. 사연이 있으리라 짐작하고 행인의 어머니한테 전화했다. 그 행인의 어머니는 그가 벌써 나루터로 출발했다는 말만 하고는 담임의 다음 말이 이어지기도 전에 전화를 끊어 버렸다. 다시 전화를 했다. 이번에 다른 여인의 목소리가 들려 왔다.

"고객님의 전화기가 꺼져 있습니다."

그 행인을 탐구해야 했다. 조회를 끝낸 뒤 그 행인의 사정을 알기 위해 반장을 불렀다.

"그 행인은 중학교 때부터 거짓말을 잘한다. 다른 학생들과 잘 어울리지 않는다. 학교를 자주 빠진다. 지금은 고등학교에 진학하지 않은 학생의 하수인이다. 지금도 그 미진학자 집에 가 있을 것이다."

반장이 전한 정보로 미진학자를 알아냈다. 그런 사정을 학부모와 공유하면서 등교할 방법을 찾아야 했다. 그 행인의 아버지한테 전화했다.

"누구신데요?"

낯선 번호로 온 전화를 받은 불쾌함이 묻어나는 목소리였다.

"성호(가명) 담임입니다."

"무슨 일인데요?"

여전히 불쾌한 목소리톤은 변하지 않았다.

"성호가 학교에 나오지 않아서 그런 사정을 전하려고 전화했습니다."

"ㅆㅂㅅㄲ."

육두문자가 수화기 너머에서 거침없이 들려 왔다. 그 육두문자는 나를 향한 것은 아니란 걸 알았다. 성호에 대한 불만을 표현한 것이었다. 그 상황에서 전화기를 오래 잡을 수 없었다.

그날 저녁 잠자리에 들 무렵 전화벨이 울렸다.
"선생님, 저 성홉니다."
"와."
"샘, 우리 아버지한테 전화했지요?"
"와 그라는데?"
"우리 아버지 전화번호 저장해 주고요. 밤에 혹시 우리 아버지 전화번호로 전화가 오면 받으면 안 돼요."
"와 그라는데?"
"우리 아버진 술 마시모 선생님한테 전화해서 욕할지도 몰라예. 우리 엄마가 선생님 우리 아버지에게 당할지 모린다고 전화하라고 해서 한 깁니더. 내일은 학교에 꼭 갈께요."
성호 아버지가 퇴근한 뒤 아침에 있었던 일을 말한 모양이었다. 성호 어머니는 담임이 성호 아버지에게 낭패라도 당할까 싶어 성호한테 전화통화를 시킨 것이었다.

성호가 학교에 나온 날 상담했다. 성호는 초등학교 중학교 2학년까진 공부를 곧잘 했다고 했다. 성적표가 날아든 날이면 그의 아버지는 석차나 과목 점수가 떨어진 것을 보고는 성호한테 손찌검을 했다. 성호는 맞는 것이 두려웠다. 맞지 않기 위해 거짓말을 하는 것에 익숙해졌다. 마음이 여렸기에 아버지에게 대놓고 반항도 못하는 처지였다. 대신 학교에 나가지 않고 소극적인 반항을 했다. 학교에 자주 빠지다 보니 교우 관계도 원만하지 않았다. 외롭다 보니 고등학교에 진학하지 않은 학생과 어울렸다.

그런데 그 고교 미진학자는 성호를 친구로 대하지 않았다. 돈을 빌린다는 핑계로 가져간 후 갚지 않았다. 무료한 시간을 달래기 위해 성호를 불렀다. 성호는 그러면서 심리적으로 억압된 것이었다. 억압된 부분을 풀어야 성호가 학교에 나올 수 있었다.

다시 육두문자를 들을 각오를 하고 성호 아버지에게 전화했다. 이번에는 육두문자가 들리지 않았다. 성호 아버지한테 학교로 방문해 달라고 했다.

퇴근길에 성호 부친이 학교로 왔다.

용기를 내 성호 석차와 점수에 연연하는 것은 아버지의 욕망이라고 했다.

“아버님 욕망 대신 성호의 욕망을 알아가는 시간을 보내면 좋을 것 같습니다.”

이주 조심스럽게 말했다.

성호 아버지 표정이 좀 편안해졌다. 그 틈을 놓칠 수 없었다.
"성호가 아버지에게 맞는 것을 몹시 두려워합니다."
그 말을 들은 성호 아버지 눈빛이 사납게 변했다. 난처한 표정을 지으며 아주 힘들게 머리를 끄덕였다.

1학기가 끝날 무렵 성호는 얼굴이 밝아졌다. 종례한 뒤 교무실로 불렀다.
"요즘도 아버지가 너 때리시냐?"
"울 아버지, 학교 와서 샘 만난 뒤부터는 때리지는 않아요."
"그라믄, 이제 아빠 겁 안 나겠다."
성호는 담임의 얼굴을 빤히 쳐다보면서 동의하지 못하겠다는 표정을 지었다.
"요즘은 때리지는 않는데요. 기술이 바뀌었어요."
"뭐라꼬?"
"숨이 끽끽 넘어갈 때까지 목을 조르는데요"

(2018.3.28.)

울지 않는 아이

05

현직 교사의 좌충우돌 교실 이야기 **울지 않는 아이**

니가 뭔데?

머릿속엔 만萬 가지 생각들이 가지를 왕성하게 뻗어 나갔다.
'기氣를 꺾기 위해 체벌을 할까? 교실에 있는 아이들이 나를 어떻게 생각할까? 선도위원회에 회부하여 이 녀석을 징계 처리할까? 퇴학이나 전학조치를 취하도록 요구할까?
내가! 이런 일을 당하다니. 학창시절 씨름과 유도를 얼마나 했는데 이걸 그냥….'

니가 뭔데?

'용서' 의 사전적 정의를 찾아보았다. "지은 죄나 잘못을 벌하거나 꾸짖지 않고 덮어주는 것" 이라고. 종교에서도 용서는 단골 소재다. 석가모니는 "원망을 원망으로 지워지는 게 아니라 오직 사랑으로만 종식시킬 수 있다." 라고 말씀하셨다. 누군가는 용서를 '인간이 할 수 있는 가장 위대한 일' 이라고 말했다.

교육 현장엔 '용서' 가 필요한데도 '용서' 를 실천하긴 어려웠다. 그 이유를 고민했다. 운 좋게 「세상을 바꾸는 시간」이란 TV프로그램을 시청하다 그 까닭을 알았다. 출연자가 '용서' 는 이를 꽉 깨물고 할 정도로 힘든 일이라 했다. 그 말을 듣자 머릿속에 쌓인 고민의 고드름이 펄펄 끓는 가마솥 안으로 들어가 버린 기분이 들었다.

용서와 관련된 사연을 전한다.

2013년 4월 9일 오후 1학년 수업을 하고 있었다. 수업 시작한 지 20분이 지날 무렵이었다. 교실 뒷문 미닫이문이 문설주에 세게 부딪치는 소리가 들렸다. 고개를 그리로 돌리니 한 학생이 씩씩거리며 들어오고 있었다.

"니는 와 인자 교실에 들어오노?"

"…."

학생은 묻는 말에 대답 대신 눈살을 찌푸리며 자기 가방을 등에 매고 있었다.

"와 늦었노? 내가 안 물어 보나?"

"학생부 갔다가… 에이 씨팔 고만 짱나서 집에 갈라고요."

그 학생은 말이 끝남과 동시에 의자를 사납게 엉덩이로 퉁겨내고 자리에서 일어나 냅다 교실 뒷문 쪽으로 달려나갔다. 학생이 그렇게 사납게 대응하는 경우는 교직 생활 중 첫경험이었다. 수업 중에 제멋대로 나가는 학생을 손 놓고 보고 있을 수 없었다. 교실 앞문으로 나가 두 팔로 그를 감쌌다. 그러자 그는 두 팔에 힘을 주고 내 팔을 뿌리치며 소리를 버럭 질렀다.

"니가 뭔데? 내가 집에 간다는데 막아?"

그 소리가 복도 창을 넘어 교실 안까지 들리고 말았다. 고1 학생이 아버지뻘 되는 교사한테 "니가 뭔데?" 하고 반말하는 광경이 펼쳐졌다. 교실 안에 있던 학생들도 그 소리를 듣고는 눈을 동그랗게 뜨고는 지켜보고 있었다.

교권추락을 고발한다는 9시 뉴스 기사 속 주인공이 된 기분이었다. 그 학생은 2012년 중학교에서 학생부장을 할 때 인연을 맺었다. 지도과정에서 그의 가정 사연을 듣고 공감대도 형성된 터였기에 그렇게 대응하다니 더더욱 이해할 수 없었다.

머릿속엔 만萬 가지 생각들이 가지를 왕성하게 뻗어 나갔다.

'기氣를 꺾기 위해 체벌을 할까? 교실에 있는 아이들이 나를 어떻게 생각할까? 선도위원회에 회부하여 이 녀석을 징계 처리할까? 퇴학이나 전학조치를 취하도록 요구할까? 내가! 이런 일을 당하다니. 학창시절 씨름과 유도를 얼마나 했는데 이걸 그냥….'

난처하게도 그 학생은 더 완강하게 몸부림을 쳤다. 학생의 어깨에 팔을 올리고 귀에다 대고 말했다.

"방금 니가 나보고 '니가 뭔데?' 라 캤제?"

"…."

학생은 약간 기가 누그러져 있었으나 대답은 하지 않았다. 다시 말을 이어나갔다.

"그라모 내가 대답해야 되것네. 내가 뭔지 말 하꾸마. 내가 니 선생아이가. 그래서 잡은 기라. 내가 선생 아니모 니를 우찌 잡것노? 겁이 나가꼬. 선생이니까네, 니한테 맞을 각오하고 잡은 기다."

말을 끝냄과 동시에 오른팔로 학생의 등을 감쌌다. 왼팔로는 오금을 잡고 결혼식장에서 신랑이 신부를 안는 것처럼 학생을 달랑 들었다. 수업이 중요하지 않았다. 그를 안고 같은 층에 있는 학년 교무실로 갔다. 교무실에 간 뒤 무릎 위에 학생을 앉히고 두 팔로 안은 상태로 말없이 한참을 앉아 있었다. 그러자 학생의 이글거리던 눈빛은 사라져갔다. 입은 여전히 씩씩거렸다.

"니한테 무슨 일이 있었나? 와 그리 사납게 굴었노?"

학생의 감정을 자극하지 않기 위해 다소곳이 물었다.

"점심 시간에예 화장실에서 담배 피우다 선생님한케 적발되가꼬예 학생부로 잡혀 갔는데예. 선생님이 경위서 적으라고 하면서 자꾸 무시하잖아요. 빡쳐서 집에 갈라고요."

"우찌 무시하더노?"

"육하원칙대로 경위서를 적으라고 하데요. 육하원칙이 뭔지 몰라 물어봤심미더, 그랬드만 '고등학생이 그것도 모리나' 하면서 놀리잖아요. 글찮아도 공부하기 싫고 학교도 귀찮은데 무시하니까 더 짱(짜증)나서요. 짱 나서 집에 가려고 왔는데 선생님이 잡아서 더 화가 난기라예."

종로에서 뺨맞고 한강에서 눈 흘긴 격이었다. 중앙교무실에서 맺힌 화를 나한테 풀어버린 셈이었다. 호흡을 길게 반복했다. 이와 혀를 깨물고 주먹을 불끈 쥐고 발가락까지 힘을 주었다.

"니 잘못했제?"

"예"

"그라모 반성문이나 적고 있거라."

학생의 가정사를 알았기에 그 선에서 멈췄다. 그 학생을 학년 교무실에서 반성문을 적게 하고는 수업하던 교실로 되돌아갔다.

그 일이 있은 뒤 그 학생 반 수업에 들어갔다. 수업 도중 다리를 쭉 뻗은 채 턱을 괴고 잠을 청하는 그의 모습을 보면 가슴에 시뻘건 장작불이 활활 타올랐다. 속으로 고민했다. 그날 용서한 것이 이 학생에게 과연 도움이 될까? 그 학생의 일탈 경력이나 한 줄 더 보태준 건 아닌지? 그날 그 학생의 반성문을 받고는 용서한다고 했지만, 여전히 마음에 담고 두고 있었다.

여름방학이 다가올 무렵에 묵은 감정에 끄달리는 것은 달리는 버스 바퀴에서 날아온 물을 뒤집어쓰고는 사라진 버스 꽁무니를 흘겨보는 것과 같다는 생각이 들었다. 머리를 한두 번 흔들었다. 완전히 잊자고 다짐했다.

세월은 빨랐다. 2014년 '니가 뭔데?' 는 2학년이 되었다. 그해 학생부장 소임을 맡았다. 그는 여전히 말썽을 일으키며 학생부를 종종 찾았다. 이전과 달리 눈빛이 온화해졌고 행동도 의젓해졌다. 업무상 그를 마주하면 웃으면서 "쌤 죄송해요."하고 마음 깊은 곳에서 울려나오는 목소리로 말했다. 1년 동안 몰라보게 변한 모습에 보람도 느꼈다. 세월歲月만큼

좋은 선생님은 없었다.

그해 가을비치고는 빗줄기가 굵게 쏟아지는 날이었다. 한 학생의 어머니가 학생부장을 찾는다고 교무실로 들어왔다. 나가서 그분을 맞았다.

"선생님 동주(가명) 아십니꺼?"

"예, 알고 있심니더."

동주라면 '니가 뭔데?' 였습니다.

"선생님 동주가 1학년 때 선생님한케 싸가지 없이 굴었다 쿠데요. 그런데 선생님이 용서해조서 다른 학교로 전학 가지 안케 됐따고 카면서 고마버 하더라꼬예. 샘 덕분에 마음잡고 학교생활 적응했다꼬 하면서… 선생님 만나 봐라 카던데요."

"무슨 일인데요?"

"우리 성식(가명)이가 학교를 안 갈라 케서 죽것심미더. 동주가 선생님하고 상담하면 좋을 끼라 케서 이리 왔심니더."

그 어머님의 말을 듣고 나자 학생들 앞에서 "니가 뭔데?" 하고 달려들던 동주가 떠올랐다.

2013년 4월 9일 동주의 막나가는 행동을 붙들고 교칙대로 처리했더라면 남은 것은 있었을까? 악연 하나 만들었을 것이다. 동주는 나를 원망하면서 지냈을 것이다. 다른 학부형에게 나를 추천하는 일도 없었을 것이다. 성식이 어머니 말을 듣고 나니 왜 참아주고 지켜봐 주는 것이 필요한지 알았다.

2015년 1월 3일 낯선 번호로 문자메시지가 왔다.

선생님 저 동주입니다.
1월1일에 연락드려야 했었는데 늦어서 죄송합니다. 저 때문에 중학교 때부터 지금까지 고생끼쳐 드려 죄송합니다. 선생님 덕분에 학교생활 조금이라도 바르게 되고 있는 거 같습니다.
항상 감사한 생각하면서 학교 다니고 있습니다. 선생님 생활 지도하시는 거 볼 때마다 존경스럽습니다. 항상 건강하시고 행복하세요~ 새해 복 많이 받으세요!!
2015/01/03 오후8:46

동주가 보낸 새해인사였다. 그간 그를 잊고 있었다. 문자를 보자 그때 겉으로 용서한 척하면서 속으로 끙끙 앓았던 때가 떠올랐다. 그러면서 동주가 '니가 뭔데?' 하고 말하던 소리가 들렸다.
지난 생활을 돌아봤다. 학생들의 사소한 잘못을 지적하며 그들의 선택의 자유를 제한하기도 했다. 때론 화를 내면서 내 고집대로 학생들을 몰아간 적도 있었다. 본인 감정 조절은 하지 못한 채 학생들 감정까지 통제하려고도 했다. 못난 짓 많이 했다. '니가 뭔데?' 는 그런 어리석음을 깨

우쳐 준 소리 같았다.

2015년 3학년이 된 동주가 5월 15일 교무실에 나타났다. 뚜벅뚜벅 학생부로 걸어오더니 가방에서 갈색편지 봉투를 꺼내더니 책상 위에 올려두고 나갔다.

교정 없이 그대로 옮기면 다음과 같다.

선생님

선생님 저 동주입니다. 스승의 날 기분 좋게 보내시고요. 작년에 편지 한 통 안 써드려서 죄송합니다. 계속 마음에 걸렸습니다. 선생님 저 많이 변했습니다. 진로 생각이 전혀 없었는데 요즘 요리에 대해 관심을 갖게 되었습니다. 아직 실천해보고 그러진 않았지만 ,요리학원을 다닐 겁니다. 중학교 때부터 하나하나 챙겨주셔서 감사합니다. 진짜 김순희(가명) 선생님이랑 선생님이 자꾸 생각납니다. 아직 철들지 않았지만 점점 바뀌어가고 있습니다. 그리고 항상 지도하실 때 생각하는데 존경스럽습니다. 매일같이 학생보다 빨리 오셔서 교문지도하시는 모습이 정말 보기 좋습니다. 선생님처럼 부지런해지고 싶습니다. 정말 멋지십니다. 징계받으러 갈 때마나 생각하는 건데 경위서를 쓸 때 선생님과 대화하면서 하는 게. 더 많은 것을 배워가는 거 같습니다. 정말 존경합니다. 사랑하는 선생님 오늘 기분 좋게 보내시고 항상 건강하세요!! 사랑합니다.

동주 올림

진로를 정하고 그 길을 가리라 결심했다고 적었다. 그의 중3 담임 선생님(그분은 퇴직했다. 퇴직식이 있던 날 그분의 퇴직을 아쉬워하는 학생들은 울면서 교문 밖에까지 따라 나가 그 분의 소매를 잡고 보내지 않으려 했다)이 자기에게 쏟은 정성도 오롯이 기억하고 있었다.

진공청소기 버튼만 누르며 금방 빨려들어갈 자존심을 지키려고 그날 동주한테 고함치고 학부모한테 연락하고 교칙에 의거해 선도위원회를 개최했더라면 동주는 반성하는 시늉은 했을 것이다. 감정의 골은 깊어졌을지도 모른다. 동주가 준 편지는 남은 교직생활을 지탱하고도 남을 마음의 비타민이었다.

그날 그 편지를 가방에 넣으며 통도사 뒷산 영축산처럼 흔들리지 않기로 다짐했다. 그런 다짐이 헛되진 않았는지 학생부장 업무를 처리할 때 학생들 태도 때문에 흔들리는 일은 없었다.

그런데 업무로 동료들과 업무상 이견이 생길 때는 태풍 앞에 갈대처럼 군 적이 더러 있었다.

(2018.4.15.)

06

도반

그도 서른 중반을 넘었다. 구매부 근무를 통해 세상 물정은 꿰뚫었다. 세상을 누비며 다양한 경험을 한 그가 보면 옛 선생의 어리숙한 면이 보일 것이다. 그러나 만나면 18세 소년으로 처음 만났을 때 그 마음을 잊지 않았다.

도반

우리나라 성인들은 첫직장 출근하던 때를 가장 행복한 순간으로 꼽는다고 한다. 교단에 처음 선 순간의 환희를 잊을 수 없다. 학교 근처 13평 아파트 작은 방을 구해 자취를 했다. 키가 181센티미터다. 작은 방에 옷걸이 넣으니 다리를 뻗기가 불편에 몸을 대각선으로 눕히고 잠을 청했다. 퇴근 뒤 그 방에서 교재 연구를 하고 있었다. 초인종 소리가 울렸다. 방문을 두드리는 소리가 들렸다. 주인 노파가 "선생님요. 학생이 선생님 찾아 왔는데요."라고 말했다. 문을 열고 나가니 현관 앞에 검은 얼굴에 떡 벌어진 어깨를 지닌 남학생이 서 있었다. "그래 들어오너라" 하고 작은 방 안으로 안내했다. 방으로 들이고 보니 녀석은 두툼한 가슴 근육, 볼록하게 솟은 엉덩이, 굵은 팔다리 힘깨나 쓰게 생겼다. 포스가 쩔었다.

기억을 더듬어 보니 2학년 작문 시간에 만난 학생이었다. 그 반 반장이었다.
한 손엔 개업한 닭집 광고지 한 장, 다른 손엔 검은 봉지를 방 한구석으로 슬쩍 흘렸다. 검은 봉지에 든 물건은 벌써 섭취했는지 입에선 식초 비슷한 냄새가 폴폴났다.
"구석에 앉지 말고 가까이 오너라."
자리를 권하니 방바닥에 놓아둔 광고지를 쓱 밀었다. 학생 신분에 어울리지 않는 물건을 가까이한 것은 맞았다. 집으로 찾아든 산짐승에게 해를 끼치지 않았던 이전 어른들의 지혜를 떠올렸다. 질책하진 않았다. 광고지를 보고 전화번호를 확인하고 닭을 주문했다. 남학생은 검은 봉지에 든 물건을 꺼내더니 권했다.
"아니다. 니만 묵어라. 너 집까지는 내가 데부다(데려다)주낀께(줄테니)"
검은 봉지에 든 물건을 한 모금 죽 들이키더니 말했다.
"선생님요. 제가요. 중학교 때 공군참모총장배 모형비행기 날리기 대회 나가가꼬요. 전국 1등 먹었다입니꺼."
"참으로 대단타."
"그라고 초등학교 때는 예 촌학교지만요. 전교회장했심니더."
"그래 참으로 대단타."
"그라고예, 중학교까지 전교 3등 안에 든 적도 있심니더."

"그래 참으로 대단타."

고등학교 공부가 쉬운 일일까?

대학에서 조기 졸업 할 정도로 우수한 성적을 받은 사람이 있었다. 의대를 가고 싶어했다. 다시 고등학교 공부를 시작했다. 만족할 만한 결과를 얻지 못했다. 고등학교 공부가 어렵기 때문이다. 중학교까지는 시험범위도 교과서 안에서 나온다. 공부를 하지 않았더라도 다시 운동화 끈을 불끈 매고 달리면 앞서 간 학생들을 따라 잡을 수 있다.

고등학교 시험은 범위가 넓다. 진도도 빠르다. 한 번 시기를 놓치면 여간해서 따라잡기는 어렵다. 고등학교 1학기 때부터 교육과정을 제대로 따라간 학생과 그렇지 않은 학생의 차이는 점점 벌어진다. 그러다 의욕을 잃고 허우적거리면서 자신감마저 잃어버린다. 무기력하게 교문을 나선다.

"또 잘하는 거 없었더나?"

"잘하는 기 별로 없십니더."

"뭐라카노, 공도 잘 차고, 보스 기질도 있더만. 같은 반 아이들도 니를 잘 따르더만."

그러자 씩 웃었다. 얼굴이 검어서 이가 유난히 희게 보였다.

"그라고, 밤에 찬 이슬 맞고 돌아 댕기지 말고 내하고 놀거로 자취방에 오라믄."

그 뒤 우리는 친해졌다. 일주일에 두세 번 학교 인근 지역을 차를 타고 돌아다녔다. 그가 가이드처럼 해설을 해주었다. 그래서 학교 근처의 샛길, 작은 마을 지명, 지역 특산물, 동네 근처 주먹 센 사람, 노래 잘 부르는 사람, 예술가가 사는 집, 언양과 봉계 소고기가 유명한 이유 등을 알았다. 그와 보낸 시간은 담임할 때 소중한 거름이 되었다.

그가 3학년이 되었다. 수험생이 되었다고 공부에 매진하진 않았다. 여전히 다방면에 관심을 갖고 살았다. 두둑한 배짱으로 다른 학생들 통솔하면서 즐거운 학교생활에 여념 없었다.
그해 겨울 배 과수원 집 딸을 아내로 맞았다. 그는 수능 성적이 잘 나오지 않아 진학할 대학의 폭이 좁았다. 걱정에 젖은 얼굴로 신혼집에 찾아왔다.
"울 아부지가 4년제 대학 체대 갈 빼사(바야) 전문대 가라 카내예(하네요)"
"4년제 대학을 가라. 공대를 가라."
"체대는 와 안 되는데요"
이미 결심이 섰고 자기의 그런 마음을 지지해 주길 원하는 눈치였다. 마침 처가 어른과 그의 아버지 모두 울산배 작목반 회원이었다. 장인어른이 그의 아버지보다는 연장자였다. 눈치 빠른 그가 그런 점을 간파하고 왔다. 자신의 이야기를 듣고 장인어른에게 이야기하면 그 이야기기 자기 부친 귀에 들어가길 노렸던 것이다.

"많이 놀았다이가. 놀 때 좋았제. 그라믄 결과를 겸허히 받아들이는 기야. 도독놈도 아이고 노력은 안 하고 결과만 좋게 바라는 기 어딨노?"
쏘아붙이자, 섭섭해했다.
"니 연방(지금) 내가 이런 말 하모 애복(제법) 섭섭할 끼야. 그라고 니 체대 가지 마라 카모 더 섭섭해 할 끼다. 공대 가서 기술 비아가(배워서) 나중에 사장해라."
"체대는 와 안 되는데요."
"방금 안 되는 이유를 말했다이가. 니 힘에 맞는 대학 가라. 거어서(거기서) 잘 해봐라이, 그라모 니를 알아 봐 줄 사람이 꼭 나올끼다."
1 년 반 동안 인연을 맺으며 지켜보니 배짱, 사교성, 추진력, 결단력, 임기응변 능력이 뛰어났다. 학교 공부로 절대 배울 수 없는 것들만 지니고 있었다. 장수의 기질이 있었다. 기업가를 현대판 장수라고 한다. 현대판 장수가 되길 바라는 마음에 모질게 대했다.

장가간 첫해 설날이었다. 자연스레 그의 이야기가 처가 어른들과 나눈 대화 중에 튀어 나왔다. 그의 부친과 연배가 비슷한 집안 아이는 서울로 대학을 갔다는 말도 나왔다. 그 자리에서 말했다.
"서울로 대학을 간 아이는 공부만 잘한 기 맞심미더. 그런데 민수(가명)는요 서울로 대학 간 아이들 같은 친구들 수백 명을 먹여 살리고도 남을 그릇입니더".

그는 환경공학과 입학을 했다. 환경기사 자격증 공부에 몰입했다. 미친 듯이 공부했다. 이따금 독서실에 들르면 포스트잇에 갖가지 공식을 적어 붙여 놓고 외우는 것을 보았다. 그리하여 환경기사 자격증, 위험물안전관리자 자격증, 소방안전관리자 자격증 등 6개의 기사 자격증을 따내고 말았다.
공부하는 틈틈이 헬스장을 드나들며 몸을 단련했다. 헬스장에 가서 보면 벤치 프레스에 누워 200킬로그램을 거뜬히 들어 올렸다. 바가 휘어질 정도였다. 옆에서 입을 벌리면서 감탄했다.
"선생님, 아직 얼마 못 드는데요."
겸손하게 말했다.
정말 얼마 못 드는가 싶어 그 벤치 프레스 기구에 누워 30킬로그램을 들어 보았다. 팔이 달달 떨렸다. 200킬로그램을 들고도 얼마 못 든다고 너스레를 떠는 게 우습기도 했다.
기사자격증 6개를 소지하고 갑옷 같은 근육을 지닌 120킬로그램 넘는 거한이 되었다. 이력서를 내면 기업에서 그를 환영했다. 기사 자격증이 많으니 두 사람 이상의 몫을 할 수 있으니 그럴 만했다. 단단한 근육갑옷을 입은 그를 특히 회장들이 좋아했다.
중견 기업에 환경 관리직으로 입사했다. 기업가들의 예리한 눈은 단박에 낭중지추囊中之錐를 알아봤다. 입사하고 2년 넘자 구매부로 발탁돼 갔다. 그도 서른 중반을 넘었다. 구매부 근무를 통해 세상 물정은 꿰뚫었다. 세상을 누비며 다양한 경험을 한 그가 보면 옛 선생의 어리숙한 면이 보일 것이다. 그러나 만나면 18세 소년으로 처음 만났을 때 그 마음을 잊지 않았다.

2017년 가을 출근하고 얼마 안 있어 아내에게서 전화가 걸려 왔다.
"여보, 민수(가명)씨가 교통사고를 당했다네요. 양산 부산대학교 병원 응급실에 갔다가 다시 인제대 병원으로 갔다네요."
아내의 목소리를 들으니 눈가가 촉촉해졌고 팔 한쪽이 툭 떨어져 내리는 것 같았다. 사고가 있기 전 함께 한 자리에서 그가 한 말이 떠올랐다.
"선생님, 직장 생활한다꼬 운동을 못해가(못해서) 몸무게가 110킬로그램 밖에 안 나가 힘이 줄었어예. 그래서 운동할라꼬 원래 1000만원하는 자전거 중고로 한 대 사놨십니더. 코스모스 피모 삼랑진까지 자전거 타고 한 번 가입시더"
그날 저녁 아내와 함께 인제대 병원을 찾았다. 차를 운전하고 가는 내내 만에 하나 불상사가 생기면 어떻게 하나, 맘을 태웠다. 그와 오랜 인연을 맺고 있는 것을 아는 아내도 조수석에 앉아 애를 태우긴 마찬가지였다.
"민수(가명)는 하늘이 크게 쓸 사람인기라. 달리는 쇳덩이가 갸를 우찌 델꼬 갈끼라"
애를 태우는 아내한테 그렇게 말하면서 안심시켰다.
병실 입구에서 먼저 만난 그의 아내가 사고 과정을 전했다. 출근길에 횡

단보도를 건너다 시속 70킬로미터로 달려오는 차에 부딪혀 거의 10여 미터를 날았다고 했다.
병실 안으로 들어가니 다행히 의식을 회복하고 병실로 들어온 나를 알아봤다.
심각한 사고였다. 함께 할 수 있어 다행이었다. 달리 할 말은 없었다.
"니는 하늘이 크게 쓸 사람인기라. 달리는 쇳덩이가 니를 우찌 델리고 갈끼라"
병상에 누워 있는 그의 손을 꼭 잡고 귀에다 대고 말했다.
뚝심 있는 사내답게 재활 운동에 매진하여 회복해 갔다. 병상에 누워 있던 8개월을 부활의 시간으로 만들었다고 했다. 자기 이름을 건 장학재단을 만들겠다는 포부를 다지고 나왔다고 했다.

벤치프레스 기구에 누워 우람한 팔뚝으로 200킬로그램의 역기를 번쩍 들어올리면서 "선생님, 아직은 얼마 못 듭니다, 한참 멀었습니다" 하는 소리를 다시 들어보고 싶다.

(2018.5.20.)

07

칭기즈칸의 편지

누구나 벽을 만난다.
담쟁이가 되어 타고 넘으라고 누군가 말했다. 누구나 담쟁이가 될 수 없다. 채송화가 되어 벽 아래서 꽃을 피울 수도 있다. 해바라기가 되어 담 너머로 해를 바라보다 태풍을 만나 땅을 향해 떨어질 수도 있다. 아니면 민들레 씨처럼 바람을 타고 벽을 넘을 수 있다.

칭기즈칸의 편지

2010년 3월 신학기 무렵 한 학생을 만났다. 우리 반은 아니었다. 조회를 마치고 교무실로 향하던 중 늦게 학교로 들어서는 학생을 만났다. "늦었네."하고 지나치려는데 담배 냄새가 진해서 부를 수밖에 없었다.

"와 이리 늦게 학교 오노?"

"자다가 지금 와요?"

그가 입을 열자 담배 냄새가 훅 퍼졌다.

"이거 봐라이 ! 담배꺼정 피우고 할 짓은 다하고 지금 오는 기라?"

주머니를 검사하자 붉은 색 담배 갑 말보로가 나왔다. 그 순간 그의 인상은 구겨졌고 눈빛이 변하고 있었다.

"와 인상을 그리 구기노?"

"엄마도 없고… 씨… 일어나기도 귀찮고… 학교 오면 졸라 간섭하고 짱나 미치겠네…."

그 말과 동시에 그의 눈에 눈물이 어른거렸다. 서러웠던 모양이었다. 등교 시간에 늦었고 입에선 담배냄새가 나서 검사를 했다. 반항기 가득한 눈에서 눈물이 어른거리던 것을 보자 마음 한구석에 쇳덩이가 쌓이는 것 같았다.

"일단 접자. 교실에 들어가거라."

학생부로 향하려고 하다가 그의 사연이 귓가에 맴돌아서 발길을 돌렸다.

1년이 지났다.

2011년 그를 담임하게 되었다. 여전히 실력(?)을 발휘했다. 상습 지각, 무단결석, 무단결과, 교사지도에 불응하기 등으로 여러 교사들의 인내력을 테스트해 나갔다.

그런 학생을 모범학생으로 변화시키는 것은 신의 영역이리라. 담임의 역할을 정하기로 했다. 그 학생의 사나운 눈빛만 사라지게 하고 싶었다. 이전에 담임하면서 학생들의 눈빛을 살폈다. 학생들 눈빛이 흐려지거나, 눈빛에 독기가 생기면 행동에 변화가 생겼다.

그를 불러 상담했다.

요약하면 이렇다. 어릴 때부터 엄마가 없었다. 부모가 잘못해서 그런 일이 생겼으니 나는 피해자다. 그러니 내 마음대로 살아도 남들은 무조건

이해해 줘야 한다고 했다.

그와 상담하면서 인터넷을 검색하다가 읽었던 칭기즈칸 편지가 떠올랐다.

집안이 나쁘다고 탓하지 말라.
나는 아홉 살 때 아버지를 잃고 마을에서 쫓겨났다.
가난하다고 말하지 말라.
나는 들쥐를 잡아먹으며 연명했고,
목숨을 건 전쟁이 내 직업이고 일이었다.
작은 나라에서 태어났다고 말하지 말라.
그림자 말고는 친구도 없고 병사로만 10만
백성은 어린애와 노인까지 합쳐 2백만도 되지 않았다.
배운게 없다고 힘이 없다고 탓하지 말라.
나는 내 이름도 쓸 줄 몰랐으나,
남의 말에 귀 기울이면서 현명해지는 법을 배웠다.
적은 밖에 있는 것이 아니라 내 안에 있었다.
나는 내게 거추장스러운 것은 모두 없애 버렸다.
나를 극복하는 그 순간 나는 칭기즈칸이 되었다.

인터넷 검색을 통해 칭기즈칸 편지를 찾았다. 한글 문서로 다운 받았다.

학생이 따라 적을 수 있게 문서를 편집했다. 그것을 그에게 주었다. 그러자 그는 뭐 하자는 거냐, 하는 식으로 쳐다보았다. 적으라고 했다.
투덜거리면서 한 번 적었다. 다음엔 우격다짐으로 또 적게 했다. 그럭저럭 열 번 정도 적었다. 요즘 학생들한테 그렇게 하면 인격침해가 된다. 그 시절엔 그랬다. 학생들한테는 도움이 되었다. 요즘 학생들한테 그렇게 하면 인격침해가 된다. 그 시절엔 그랬다. 학생들한테는 도움이 되었다.
그 뒤 대화를 나누었다. 그의 눈빛을 바라봤다. 눈빛이 의외로 빨리 변했다.
그날 이후로는 그 학생이 자신의 처지를 들어 일탈 행위를 합리화하는 일은 줄었다. 물론 그의 실력(?)이 단박에 사라지진 않았다. 여전히 무단결석, 무단지각, 무단결과를 반복했다. 하지만 세상을 향해 독기를 품고 이글거리던 눈빛은 사라졌다.

그 학생은 아르바이트를 하러 다녔다. 학생들이 일하는 업소를 더러 찾았다. 사장은 그의 일머리와 성실성, 인사성을 칭찬했다. 교실 청소 시간에 지켜본 것과 일치했다.
그는 일머리가 있었다. 청소 시간에는 앞장서서 밀걸레를 빨아와 교실 바닥을 깨끗이 닦았다. 집에서 새는 바가지, 들에서도 샌다는 속담처럼 교실 청소를 열심히 하던 버릇이 아르바이트 현장에서도 그대로 이어졌다. 그 모습이 그 학생의 진면목이었다.

담임이 끝날 무렵 그 학생을 보며 이런 생각을 해보았다.

'철들 무렵에 자신 앞에 벽이 떡하니 버티고 있는 것을 알았고 주변에선 막연히 그것을 넘어야 한다고 우격다짐하다보니 자신을 잃었던 것은 아니었을까?'

그는 칭기즈칸은 아니었다. 성실한 아르바이트생, 교실 청소를 잘하는 학생은 분명했다.

누구나 벽을 만난다.

담쟁이가 되어 타고 넘으라고 누군가 말했다. 누구나 담쟁이가 될 수 없다. 채송화가 되어 벽 아래서 꽃을 피울 수도 있다. 해바라기가 되어 담 너머로 해를 바라보다 태풍을 만나 땅을 향해 떨어질 수도 있다. 아니면 민들레 씨처럼 바람을 타고 벽을 넘을 수 있다.

어릴 적 그 누가 세상을 알겠는가? 벽인지도 모르고 엎어져 힘겨워하는데 주변에서 그것을 넘으라고 강요한다고 넘을 수 있겠는가? 벽을 만난 것이 그의 잘못도 아니다. 그것을 넘지 못한다고 웃을 일도 아니다.

벽을 넘지 않고 살아간들 무슨 문제가 있으랴?

독기를 내려놓고 자기가 넘을 수 있는 벽을 골라 넘어간들 무슨 잘못이 있으랴?

(2018.6.18.)

08

현직 교사의 좌충우돌 교실 이야기 **울지 않는 아이**

살림살이는 나아졌을까?

그는 숫자가 점령군처럼 날선 눈빛을 앞세우는 현실을 꿰뚫어 보았다. 숫자로 계량화되어 춤추는 현실에 연연해하지 않았다. 그랬으니 그것에 끄달릴 리 없었다. 양보하고도 연연해하지 않으니 손해 본다는 생각조차 없었다.

살림살이는 나아졌을까?

학기말이 되면 교사들은 다음 학기에 맡을 과목 시간을 회의로 결정한다. 그 순간 머릿속엔 셈법이 복잡해진다. 그럴 수밖에 없는 이유가 있다.

한 학기는 17주다. 일주일에 수업을 16시간 한다고 치자. 휴일을 고려하지 않고 17주로 계산하면 272시간 수업을 하게 된다. 18시간 수업한다면 306시간을 한다. 일주일에 18시간 수업을 하는 교사는 16시간 수업하는 교사보다 수업을 34시간 더한다.

그렇기에 학기말 순간의 선택이 34시간을 좌우하는 일이 발생한다. 34시간을 더 하게 되면 힘이 든다. 수업 시간을 적게 하려는 것은 인지상정人之常情이다.

회의를 한다.

종이 울렸다. 탐색전이 이어진다. 먼저 말을 끄집어내는 사람이 수세에 몰리게 된다. 자칫 수업을 더 할 수 있다. 말을 아껴야 한다. 회의는 길어지고 말도 보조를 맞춰 길어진다. 누군가 양보하면 회의는 짧은 시간에 끝날 수 있다. 양보는 남보다 수업을 더 맡겠다는 말이다. 양보하는 자가 나타나면 회의는 화기애애和氣靄靄한 분위기로 끝난다. 그때의 회의는 아래 말에 가깝다.

회의會議

1. 여럿이 모여 의논함. 또는 그런 모임.
2. 어떤 사항을 여럿이 모여 의견을 교환하여 의논함.

(출전: 네이버 사전)

양보하는 이가 없거나, 누군가 양보를 해도 수업을 덜 하려는 이가 나타나면 회의는 길어진다. 말은 거칠어지기 시작한다. 사람살이 어떻게든 결론이 도출된다. 마음에 앙금을 남긴 채 끝이 나는 점이 아쉽다.

그때 회의는 아래말에 가까워진다.

회의懷疑

1. 의심을 품음. 또는 마음속에 품고 있는 의심.

2. 〈철학〉 충분한 근거가 없기 때문에 판단을 보류하거나 중지하고 있는 상태.
3. 〈철학〉 상식적으로 자명한 일이나 전통적인 권위를 긍정하지 아니하고, 부정적인 태도.

(출전: 네이버 사전)

이번 학기 말에도 회의를 해야 했다.
여러 가지 경우의 수를 떠올리며 회의를 상상해 봤다.
회의를 회의會議답게 단어의 뜻에 충실하게 할 수 없을까 고민했다.
회의하기 전에 난데없이 KBS 한국방송 프로그램 「개그콘서트」에 강기갑 전 정치인 흉내 내던 개그맨 박성호 씨의 유행어인 "살림살이 나아졌습니까?" 란 말이 기억났다. 그 말을 '수업 덜 한다고 살림살이 나아지겠나?' 로 살짝 비틀어 보았다.
회의 하기 전, 동료들에게 먼저 2학기에는 수업을 더 맡겠다는 의사를 전달한다. 그러면 회의會議를 할 필요도 없어질 것이다.
그런데 마음자리 한곳엔 회의懷疑가 떡하니 자리 잡고 앉는다. 상相이 남지 않길 바라는 생각을 하고 있었다.

야인野人으로 돌아간 선배가 떠올랐다. 그는 양보에 익숙했다. 물론 그가 양보한다고 비굴해 보이거나 약한 성정을 지닌 사람은 아니었다.

그는 숫자가 점령군처럼 날선 눈빛을 앞세우는 현실을 꿰뚫어 보았다. 숫자로 계량화되어 춤추는 현실에 연연해하지 않았다. 그랬으니 그것에 끄달릴 리 없었다. 양보하고도 연연해하지 않으니 손해 본다는 생각조차 없었다. 손해의 다정한 친구인 불평이 그의 입을 찾을 리 없었다. 무한대로 펼쳐지는 숫자의 본성을 끝없는 우리의 욕심처럼 하찮게 바라봤다.

그는 느낌에 충실했다. 소년처럼 봄꽃을 보면 예쁘다 했다. 좋은 사람을 만나면 그 자리에서 좋다고 표현했다. 아름다운 사람을 보면 처음 보는 사람일지라도 아름답다고 감탄했다. 욕심을 텅 비우고 느낌을 표현했기에 그의 그런 표현을 들은 사람들도 좋아라 했다.

지금 느낌을 돌아본다.

느낌은 눈에 보이지 않는다. 그러니 남의 느낌은 볼 수 없다. 비교하려 해도 비교할 수 없다. 느낌은 계량화할 수 없다. 한계를 짓고 도달했느니 못했느니 안달할 필요도 없다. 느낌은 텅 비었는데도 가득 찰 수 있는 것이다.

그 선배는 숫자를 훨훨 던져버리고 욕심은 텅 비우고 느낌으로 충만한 삶을 오롯이 즐겼던 무심도인無心道人이었다.

(2018.7.18.)

09
현직 교사의 좌충우돌 교실 이야기 울지 않는 아이

유능한 교사는?

둘의 사연을 알고 난 후, 퇴근 무렵 교문에서 그들을 만나기로 했다. 둘은 다정한 모습으로 왔다. 둘을 데리고 학교 근처 밀면집으로 향했다. 밀면을 주문하고 기다리면서 여학생에게 간절한 눈빛으로 말했다.
"우짜든가, 12월 말까지는 둘이 꼭 사궈라. 그렇지 않으면, 이 녀석 뒷감당하느라 내 머리털 다 빠져 삐린다이. 제발 부탁한다이."

유능한
교사는?

《논어論語》 〈술이편述而篇〉에 나오는 "삼인행필유아사언三人行必有我師焉 세 사람이 길을 같이 걸어가면 반드시 내 스승이 있다."는 말을 경험한 이야기를 하려고 한다.

종업식 날 다음 학기 담임을 맡게 될 학생들을 만난다. 그때 학생들 머리 모양, 복장, 눈빛 등을 보면 그들이 1년 동안 펼쳐나갈 학교생활이 그려진다.
올해 담임을 맡았다. 학생들과 만나기 위해 교실에 들어가기 전 무無에서 지켜보자, 선입견을 갖지 말자, 상相을 갖지 말자고 다짐했다.
교실에 들어갔다.

예사롭지 않은 머리모양, 날카로운 눈빛, 개성 넘치는 복장을 한 학생이 단박에 눈에 들어왔다. 방금 전 다짐한 것들이 절로 허물어져 내리며 그 학생이 1년 동안 학교 안팎에서 펼쳐나갈 용감무쌍한 행동들이 절로 머릿속에 재생됐다.

신학기 첫날,
그 학생은 담임 기대에 부응하기라도 하듯 교실에 출현하지 않았다. 2교시가 지날 무렵 교무실 복도에 나타났다. 교무실로 들어와 늦은 까닭을 말할 줄 알았다. 생략하고 교실로 직행했다.
청소 시간엔 옆 교실 복도에서 친구들과 활극을 벌였다. 마냥 두고 볼 순 없었다. 그를 불렀다. 슬리퍼를 질질 끌며 느긋하게 걸음을 옮겼다. 청소에 참가하라고 했다. 히딩크 감독처럼 팔짱을 끼고는 다른 학생들의 청소 광경을 전지적 시점에서 관찰하는 여유를 부렸다.
그 후 그의 무단지각은 이어졌고 리드미컬하게 결석도 간간이 하면서 육신의 피로를 풀었다. 중학교부터 그런 생활을 했기에 원숙미까지 풍겼다.
그동안 그를 담임한 교사들의 노력이 상상했다. 그를 지도하기 위해 다양한 방법을 동원했을 것이다. 가장 만만한 도구인 잔소리를 소환했을 것이다. 그의 부모하고도 수시로 통화하고 상담도 했을 것이다.
그를 담임한 이상 열정 넘치고 자유분방한 그의 생활에 개입해야 했다.

선택은 그의 몫이라도 전할 의무는 있기에 그랬다. 먼저 그의 부모와 통화했다.

"한 귀로 듣고 한 귀로 뚝뚝 흘리는데 어쩔까예. 선생님."

부모도 지칠 대로 지쳐 있었다.

그 학생을 불러 상담했다. 시간을 지키는 신뢰와 성실함, 남과 더불어 청소하는 즐거움, 무단지각과 무단결석이 초래하는 구직상의 어려움 등을 설했다. 그러면서 그를 힐끔 바라보았다. 소리가 보인다면 그의 귀로 흘러들어가지 않는 충고가 뚝뚝 흘러내리는 것을 볼 수 있겠단 생각이 들었다.

상담 다음날, 그가 정해진 등교시간에 떡하니 나타났을까?

그런 일은 일어나지 않았다. 당연한 일이었다. 교사들이 상담하고 학생들이 즉각 변한다면 교사와 학생 사이 발생한 문제가 신문지면에 등장하지 않을 것이다.

더더구나 지금 청소년세대는 공동체 공간, 이를테면 골목이나 동네 타작마당 등에 노출된 경험이 없다. 또래끼리 공동체 공간에서 규칙을 정해 놀아 본 일이 없다. 그러니 규칙을 위반했을 경우 공동체 벌칙 같은 것을 경험하지 못했다. 그러니 규칙 준수가 내면화 될 리 없다.

학교도 마찬가지다. 규칙을 어기는 경우 과거처럼 체벌을 하거나 따끔하게 꾸중하거나 교칙을 적용할 수 없다. 학생한테는 규칙을 어겨도 돌아오는 제약이 거의 없다. 그러니 규칙을 어긴 학생의 행동변화를 기대할 수 없다.

고등학생쯤 되면 귓등으로 흘려듣는데 익숙해진다. 기존의 행동이 바뀌지 않고 능글맞게 행동하기도 한다. 그것을 지켜보는 것도 고苦라고 할 수 있다. 감정 조절을 하면서 기껏 잘 해라, 하는 정도에 머물러야 한다. 지나치게 자유분방한 모습을 보며 1년을 감내하듯 살아야 한다. 의욕을 갖고 임했다가 학생이나 학부모가 교사의 의도를 오해한 경우 불상사가 일어나면 교사란 수식어는 단박에 사라질 수 있다. 요즘 교사들이 교육현장에서 맞이한 한계 상황이다.

장미가 피기 시작했다. 출근길에 그 학생이 온화한 눈빛으로 여학생과 이야기하며 교문으로 들어서는 낯선 광경을 봤다. 청소 시간에는 팔짱을 풀고 두 손으로 밀대를 잡고 교실 바닥까지 닦았다. 결석하지도 않았다. 그의 바뀐 행동과 눈빛을 보며 낯설기만 했다. 그런 상황을 해석하고 표현할 길이 없었다. 분석력과 어휘력의 빈곤함을 부끄러워해야 했다.

담임 효과? 그럴 리 있겠나? 학교생활 12년 내공으로 다져진 학생한테 그런 일이 일어날 리는 없었다.

그가 달라진 원인을 찾아야 했다. 퍼뜩 관찰을 떠올리고 실행에 들어갔다. 발품을 팔아야 했다. 쉬는 시간이면 교실로 갔다. 그는 쉬는 시간에 다른 반 교실로 갔다. 따라갔다. 다른 반 여학생 의자 옆 빈 의자에 앉더니 다정한 눈빛으로 여학생과 이야기를 주고받았다. 자세히 보니 함께 교문으로 들어서던 여학생이었다. 무탈하게 학교생활을 하는 여학생과 사귄다는 사실을 알았다.

그 여학생 집 앞에서 기다렸다가 여학생과 함께 등교했다. 종례 후에는 그 여학생 교실 앞에서 기다렸다 함께 교문을 나섰다. 그랬기에 그 남학생이 더 이상 등·하교 문제로 담임을 속썩이지 않았다. 그뿐만 아니라 다른 학교 생활에서도 12년 학교생활로 다진 내공을 발휘하지 않았던 것이다.

그 여학생이 청소도 적극 참가하라고 권했다. 빗자루나 밀대를 잡아 본 적 없던 그가 밀대까지 잡고 교실 바닥을 닦는 기염까지 토했던 것이다.

그대가 곁에 있어도 그리운 데 어찌 무단결석 하겠습니까?

사랑의 밀어蜜語를 나누기 바쁜데 언제 피로가 찾아 왔겠습니까?

사랑은 최고의 페스탈로치였다. 힘이 무척 센 교사였다.

둘의 사연을 알고 난 후, 퇴근 무렵 교문에서 그들을 만나기로 했다. 둘은 다정한 모습으로 왔다. 둘을 데리고 학교 근처 밀면집으로 향했다. 밀면을 주문하고 기다리면서 여학생에게 간절한 눈빛으로 말했다.

"우짜든가, 12월 말까지는 둘이 꼭 사귀라. 그렇지 않으면, 이 녀석 뒷감

당하느라 내 머리털 다 빠져 삐린다이. 제발 부탁한다이."

(2018.6.30.)

10

기억은 불공평하다

올 가을 열네 살 소년으로 돌아가 우리반장을 만나보고 싶다.
우리반장이 지금 어디서 무엇을 하며 어떻게 살고 있는지 모른다.
더 늙기 전에 우리반장 꼭 만나고 싶다.

기억은 불공평하다

기억은 불공평하다. 강자의 기억은 소멸한다. 약자의 기억은 멸하지 않는다. 동일한 시간 공간에서 일어난 일이지만 누군가는 기억하지 못하고 누군가는 그 일을 잊지 못한다. 머리가 기억하고 몸이 그 사건을 새기고 있어서 그럴 것이다. 가을하늘 공활하고 높고 구름 없는 계절이 다가오면 나에게는 사라지지 않는 기억이 소환되곤 한다.

초등학교를 국민학교라 부르던 시절 반장 했던 친구가 있다.
그를 우리반장으로 칭하겠다.
초등학교에는 조류사육장이 있었다. 거기엔 군수가 전근 가면서 기증했던 꿩 비슷한 가금류인 금계 한 쌍과 일본산 소형 관상용 닭인 자조 한

쌍이 있었다. 6학년 때 우리반 반장이 사육장을 관리했다. 반장은 군수가 기증한 조류를 관리한다고 자부심을 갖고 그것들을 보살폈다. 반장이 지닌 자부심이 찢어지는 일이 벌어졌다. 족제비가 사육장으로 침입해 금계와 자보의 몸을 갈가리 찢어버렸다. 축산학과 진학을 꿈꾸던 우리반장은 굳은 금계와 자보를 품에 안고 눈물 흘렸다.
우리반장은 그런 슬픔을 희망의 정수리로 쏟아붓는 지혜를 발휘했다. 6학년 겨울방학 무렵 우리반장이 학급회의 시간에 텅 빈 조류사육장에 금계와 자보를 사 넣자고 말했다. 시골뜨기들은 눈을 동그랗게 뜨고 '반장 니가 무슨 수로?' 하는 표정을 지었다. 우리반장은 관상용 난로만 있던 차가운 교실을 쓱 훑어보더니 침을 꿀꺽 삼키고 말했다.
"며칠 있으모, 우체국에 맡긴 우리 저금이 나온다이가."
그 당시엔 1학년 때부터 6학년까지 매주 저축을 했다. 6년 동안 저축한 것을 6학년 겨울방학 되기 전에 찾았다. 우리반장이 방법을 말하자 친구들은 "그라모, 되것다."하면서 손뼉쳤다.
저금을 찾던 날 우리반장은 모금활동에 들어갔다. 금계와 자보 한 쌍을 사고 남을 정도로 돈을 모았다. 그 주 토요일 수업을 마친 우리반장과 부반장은 빨간 완행버스를 타고 인근 도시로 나가 금계와 자보 한 쌍을 구입해 왔다.
졸업 전 전교 모임에서 교감 선생님이 단상에 올라가 우리 동기들의 모금활동을 전교생에게 소개했다. 후배들의 박수가 터져 나올 때 동기들은 우쭐해졌다. 모금 운동을 주도한 우리반장은 단상으로 불려 나가 전 교생한테 박수를 받기도 했다.

우리반장과 같은 중학교에 입학했다. 동네 샛강은 더 큰 강물을 만나면 사라지기 마련이다. 그러니까 중학교 1학년까지 우리반장한테는 그런 일이 일어나지 않았다. 열 군데 넘는 초등학교 출신들이 모인 중학교에 가서도 반장을 떡하니 했다.
그 시절 정규 수업이 끝난 뒤 중강아지 같았던 칠십 명의 소년들은 자율 학습한다고 두 시간 더 교실에 남아야 했다. 교사가 감독하면 마지못해 앉아 있는 시늉이나 했다. 담임이 사라지면 교실 분위기가 돌변했다.
짤짤이판이 벌어졌다. 한 녀석이 가방에 숨겨온 선데이서울, 주간 경향을 펼치고 야한 자세로 웃고 있는 여배우 사진을 보면서 신음소리를 냈다. 그러면 뭐꼬 하면서 소년들이 우우 몰려들었다. 자기 주변에 몰려드는 소년들을 보면서 나 이런 놈이야, 하고 고개를 치켜들었다.
그때 대담한 녀석이 나타났다. 그 녀석의 아버지는 공군부대 군무원이었다. 큰소리로 "가소롭기는…." 하면서 녀석의 아버지가 장롱 속에 숨겨준 미국 성인물을 가져와 펼쳤다. 소년들은 칼라로 된 인쇄물을 보고 "우와" 하면서 입을 벌리고 다물지 못했다. 그렇게 소년들은 문화충격까지 경험해 나갔다.
그런 소란이 일면 다른 반 담임 교사가 달려왔다. 소년들도 그쯤은 대비

할 줄 알았다. 약자의 설움을 맛보는 소년들이 있다. 그 소년들은 교실 문 밖으로 고개를 내밀고 교사를 감시하는 역할을 맡았다. 성교육이 전무했던 그 시절 소년들은 헌신적인 친구들 덕분에 자기 주도적으로 성교육을 했다.

우리반장의 담임은 우리반장한테 "반 아이들, 책임지고 조용히 시키라이."하고는 사라졌다. 담임이 사라지면 교실은 난장판으로 변했다. 그러면 옆반 담임이 와서 반장을 불러 혼을 내기도 했다. 우리반장이 카리스마가 있었지만, 또래들의 소란을 잠재우느라 힘겨운 시간을 보냈다. 사라진 담임은 청소 시간에도 나타나지 않아 청소 감독조차 오롯이 우리반장 차지가 되곤 했다. 어떤 날은 담임이 종례 시간에도 나타나지 않아 우리반장이 담임 찾아 학교 안팎을 헤매고 다녔다. 나중에 우리반장의 담임이 학교 근처 공터에 벌통을 갖다 놓고 관리하러 다닌 것을 알았다.

그렇게 세월은 흘렀다.

가을하늘 공활하고 높고 구름 없던 날이었다.

옆 반 담임을 맡은 여교사가 얼굴이 붉어진 채 교실로 들어가는 모습을 봤다. 그 여교사는 자전거를 타고 출퇴근했다. 굽높은 신을 실내화로 사용했다. 잠시 뒤 여교사 반의 반장이 우리 교실로 우리반장을 찾으러 왔다. 우리반장을 발견하고는 자기 교실로 데리고 갔다. 그 여교사는 신경질을 잘 부렸고 화가 나면 소년들의 뺨으로 손바닥을 날리곤 했다. 잔뜩

화가 난 여 교사 얼굴이 떠올랐다. 우리반장을 데리러 온 옆 반 반장의 심각한 표정을 보니 무슨 일이 생길 것 같았다. 같은 초등학교를 나온 동기들은 여교사 반으로 잡혀간 우리반장을 걱정하지 않을 수 없었다. 우리는 옆반 복도로 달려가 유리창 너머로 벌어지는 광경을 까치발을 들고 바라볼 수밖에 없었다. 우리의 불안과 달리 우리반장은 기대를 저버리지 않고 당당하게 그 여교사 앞에 서있었다. 여교사가 우리반장에게 무릎을 꿇으라고 말한 듯했다. 우리반장은 여교사 책상 옆에 꿇어앉았다.

그 여교사의 교실 옆엔 학생들 출입구 쪽으로 난 계단이 있었다. 2학년 5개 반, 1학년 3개반 학생들이 그 교실을 지나간다. 그렇다면 560명이 그 모습을 본다. 그때 기억하기로 1학년이나 2학년 가운데 애꾸눈은 없었다. 1120개의 눈이 독기를 품은 여교사가 우리반장한테 폭행을 가하는 장면을 목격했다.

그 시절엔 컴퓨터도 PC방도 있을 리 없었다. 학원도 가지 않았다. 집에 가더라도 농삿일 돕는 것 외 달리 할 일이 없었다. 심심한 것들이 널려 있을 뿐이었다. 하굣길에 펼쳐진 장면은 심심풀이로 제격이었다. 그런 재미난 광경을 열네살, 열다섯 살 난 소년들이 마다 할 까닭이 없었다. 여교사 교실 옆 복도에는 이벤트를 구경하는 학생들로 발 디딜 틈이 없었다.

"야, 이새끼야, 뒤에서 내 욕하고 다녔다며."

구경꾼들의 소음 속에서도 여교사의 목소리는 또렷이 들렸다.
우리반장은 고개를 갸우뚱거리며
"그런 적 없심니더."
그러자 여교사의 손바닥이 우리반장의 뺨으로 두서너 차례 날아들었다.
"거짓말하고 있어. 간사하게 생긴 자식이."
다시 여교사의 손바닥이 우리반장의 뺨으로 두서너 차례 날아들었다.
그 시절 교사의 권위는 시퍼렇게 살아 있었다. 교사가 거듭 질문을 해도 그런 적 없다고 부인하는 우리 반장의 모습을 본 2학년들 중에 몇은 "저 새끼, 좆만한 기 건방지거로 선생님한테 거짓말 한다이."하고 말했다.
우리반장이 간사하게 생긴 놈에, 거짓말 하는 놈으로 변했다.
"야, 이 새끼야, 나 욕하고 다닌 적 있어? 없어?"
우리반장의 눈에 눈물이 비쳤다. 우리반장은 초등학교 적 모금 운동을 펼쳐 후배들에게 미담을 전했을지라도 그때 열네 살 난 소년에 불과했다.
여교사가 거듭 추궁하고 뺨을 내리치자 눈물을 떨구더니 우리반장은 마지못해 고개를 끄덕였다.
'진즉에 그랬으면 덜 맞았을 거 아니냐, 이제 끝났구나. 우리반장 더 이상 안 맞것다 ! '
딱, 거기서 멈추었더라면 정말 좋았을 것이다.
나에게 지우고 싶은 과거 한 시간도 없었을 것이다.

"퍽"

무슨 소리지?

처음엔 무슨 소린지 알지 못했다. "퍽" 소리에 놀라 다시 까치발을 들고 교실 안을 들여다보니 우리반장이 얼굴이 잔뜩 일그러진 채 머리를 감싸쥐고 있었다.

다시 "퍽" 소리가 났다.

여교사가 손으로 실내화 앞부분을 쥐고 뒷굽으로 우리반장의 정수리를 쳤다.

우리들은 우리가 맞기라도 한 것처럼 정수리를 어루만졌다. 우리반장을 모르거나 그를 시기 질투하는 학생들은 맞을 짓을 해서 맞는구나, 하는 정도로 보고 지나갔다. 어떤 학생들은 "짜식, 까불더니, 잘 됐다."하는 소리도 들렸다. 그렇게 우리반장은 여교사 반 학생들 70명이 지켜보고 1, 2학년 학생들의 1,120개의 눈이 보는 가운데 한 시간 넘게 맞았다.

우리반장과 같은 초등학교를 다닌 우리들만 남은 복도에 어둠이 내리기 시작했다.

우리 나이 열네 살이었다. 그런 광경을 본 적이 없었다. 우리반장이 그렇게 맞을 줄 몰랐다. 우리가 할 수 있는 것은 우리반장이 나오길 기다리는 것이 전부였다.

만신창이가 된 우리반장이 나왔다. 눈물로 얼룩진 볼은 부어 있었다. 머리카락은 헝클어졌다. 우리반장은 머리에 혹이라도 났는지 손바닥으로 정수리를 문지르다 우리를 발견하고는 터벅터벅 허탈한 걸음소리를 내며 현관으로 달려갔다. 우리도 우리반장을 뒤쫓았다.

운동장에 어둠이 차오르고 있었다. 우리들 모두 말이 없었다. 교문 가까이 올 때까지 모두 침묵했다. 불쑥 한 녀석이 침묵을 깼다.
"울집에 아무도 없다. 반장 델꼬 가자."
우리반장은 들판이 바라보이는 언덕에 있는 친구 집에 갈 때까지 어깨를 들썩이며 울음을 삼켰다. 우리는 언덕집에 도착한 뒤 우리반장을 수돗가로 데려갔다. 수도꼭지를 돌려 대야에 물을 받아 우리반장의 일그러진 얼굴과 실내화 뒷굽을 그대로 맞이한 정수리를 식혔다. 잠시 뒤 우리반장은 대야에 물을 잔뜩 받더니 머리를 푹 담그고 꺼이꺼이 울었다. 갑자기 머리를 꺼내더니 대야의 물을 쏟아버리고 머리카락에 물을 뚝뚝 떨어뜨리며 주먹으로 흙마당을 치면서 울었다.
언덕집 녀석의 부모님은 시장에서 양과자를 구워서 팔았다. 그 시절 고향에 고려당이란 제과점이 있었다. 그 집에서 파는 양과자를 사 먹어 본 친구들은 반에서 한 손으로 꼽을 정도였다. 고려당에서 파는 양과자를 사 먹고 나면 기념이라도 하듯 고려청자 그림이 있는 고려당 종이가방을 벽에 걸어 두었다. 꿩 대신 닭이라고 가끔 돈이 생기면 노점에서 파는 양과자를 사먹었다. 그 양과자도 고려당 것보다는 쌌지만 국화빵이나 붕어빵에 비하면 비쌌다. 언덕집 녀석도 자기집 양과자라도 마음대로 먹을 수 없었다. 언덕집 녀석은 자기도 마음대로 먹을 수 없었던 양과자를 우리반장한테 내밀었다. 평소 말수가 적었던 언덕집 녀석으로선 우리반장한테 보여준 최고의 위로였던 셈이다.
우리반장은 양과자를 손에 쥐고 우울한 뒷모습을 남긴 채 우리들을 남기고 언덕 아래로 달려나갔다.
그날 이후 우리는 우리반장이 무엇 때문에 그렇게 여교사한테 맞았는지 끝내 물어보지 못했다. 우리반장한테 평생 씻지 못할 상처라 굳이 알고 싶지 않았다. 그날 이후 우리반장은 영혼이 반 정도 빠져나간 사람처럼 지냈다.

크리스마스 이브날이었다. 장터에 사는 친구 집 골방에 모여 아기예수 오신날을 축하했다. 그 자리엔 우리반장도 왔다. 그 시절엔 피자가 있는지조차 몰랐다. 흔한 치킨도 없었다. 돈을 모아 땅콩 캐러멜, 새우깡, 칠성사이다, 빠다코코넛을 신문지 위에 펼쳐 놓고 조용필의 '못 찾겠다! 꾀꼬리, 단발머리', 윤수일의 '아파트'를 합창했다.
누군가 우리도 주님의 은총을 입어보자고 했다. 그럼 교회당으로 가볼까나 하면서 장터 소년이 앞장섰다. 장터 소년을 앞세우고 크리스마스 이브라고 해봐야 별다를 것 없는 시골장터 거리로 나섰다. 극장 앞을 지나고 크리스마스 트리 전등이 깜빡이는 서점 앞을 지날 때였다.
"저거 봐라. 저거, 자전거 영숙이 자전거 아이가."

장터 소년이 강단 있는 목소리로 비장하게 말했다.

"영숙이, 서점 안에 있는 거 같아."

옆에 있는 친구가 자전거 주인을 확인했다.

장터 소년은 "내 문구점 간다이." 하더니 서점 맞은 편 문구점으로 달려갔다. 이내 돌아와 우리들 앞에서 종이 압핀 통 두 개를 손에 들고 싸그락 싸그락 흔들어 댔다.

장터 소년은 자전거 옆으로 발걸음 소리를 죽이며 걸어갔다. 바퀴 옆에 쪼그리고 앉아 압핀 통을 열고는 앞바퀴에 압핀 한 통, 뒷바퀴에 한 통을 꽂았다. 적장의 침소에 침입해 비수를 꽂은 자객이라도 된 것처럼 비장한 표정을 지으며 우리 곁으로 돌아왔다. 장터 소년의 압핀 테러를 당한 자전거 바퀴 주인은 가을하늘 공활하고 높고 구름 없던 날 우리반장한테 가을날의 악몽을 선사한 인물이었다. 우린 장터 소년의 어깨를 두들기며 '고요한 밤 거룩한 밤' 합창했다.

가을날 비운의 주인공이 되었던 우리반장은 그날 이후로 지느러미를 잘린 잉어처럼 허우적거렸다. 2학년 때는 우리반장은 반장도 되지 못했고, 3학년 때는 전학을 가버렸다. 그렇게 우리반장을 잊고 살았다.

18세 여름 방학 때였다.

소설 같으면 우연성을 남발했다는 평을 들을 일이 일어났다. 나이키 조깅화를 사고 싶어 돈을 모았고 방학만 되기를 기다렸다. 인근 도시 나이

키대리점에 가서 조깅화를 샀다. 기분이 좋아 상자까지 종이 가방에 넣고 거리로 나섰다. 멀리서 눈에 익은 인물이 보였다. 그도 유심히 바라봤다. 우리반장이었다. 키는 180미터 넘어 보였다. 훤칠했고 운동깨나 했는지 어깨도 널찍했고 반소매 아래로 보이는 팔뚝도 단단했다. 우리반장 옆에 선 친구들도 인상이 험악했고 몸집이 단단했다. 힘깨나 쓰게 생겼다. "우리반장"하면서 달려갔다. 우리반장은 고개를 옆으로 틀면서 피식 웃었다. 열네 살 적 우울했던 순간을 지운 것 같아 보였다. 강한 청소년으로 변해 보기 좋았다.

마음 한곳에서는 가을하늘 공활하고 높고 구름 없던 날, 왜 그렇게 맞았는지 이유를 묻고 싶었다. 막상 그의 손을 잡자, 물어보고 싶은 마음은 이내 쪼그라들었다. 진짜 가려운 겨드랑이는 긁지 못하고 패딩 위를 긁어대는 듯한 대화만 나누었다.

이야기하는 도중 갑자기 우리반장의 눈빛이 매서워지고 표정이 떨렸다. 우리반장의 눈빛이 향하는 곳으로 눈길을 돌렸다. 우리반장한테 그러니까 4년 전 우리반장이 열네 살 때 악몽을 만들어준 주인공이 보이는 게 아닌가. 우리반장의 눈빛이 날카롭게 변하고 마주 잡았던 손을 풀고 이내 주먹을 꽉 움켜쥐고 이까지 꽉 앙다물었다. 우리반장이 살벌한 기운을 보이자 옆에 있던 우리반장의 친구들도 "무슨 일이고, 어떤 새끼가 야리는 기라."하면서 곧 전투분위기로 돌변했다. 반장과 그들의 눈빛은 이글이글 타오르는 게 뭔가 일이 생길 것 같았다.

다행스럽게도 악몽을 선사한 사람이 우리가 선 옆으로 고개를 푹 숙이고 지나갔다. 고개를 숙이고 외면하고 지나친 것이 우리반장한테 최소한의 사과라도 한 것 같았다. 우리반장은 몸을 부르르 떨면서 분노를 속으로 삼키는 듯했다. 그 사람의 뒷모습을 이글거리는 눈빛으로 한참 노려보면서 앞이빨 사이로 침을 찍 쏘더니 나한테 "궁금하제, 그날 내가 와 그리 직사게 터졌는지?" 하고 말했다.

멀어져가는 그 사람의 뒷모습을 보면서 우리반장이 말했다.

"나는 그날 맞을 짓 한 거 하나도 없다이. 자기 잘못해서 윗사람한테 욕들은 거 내한테 뒤집어 씌아가 화풀이 핸 기라. 저 사람 쪽팔릴까 싶어서. 다 못 말하것다. 후제 어른 되믄 이야기해 줄 때가 있을 끼야!"

우리반장은 어른이 되면 사연을 말하리라 하고는 자기 무리들과 시장통 먹자골목으로 사라졌다. 그 뒤 우리반장을 다시 만나지 못했다.

세월이 흘러 어른이 된 뒤에도 그를 만나지 못했다. 간혹 동문회에 나가 알아봤지만 우리반장이 초등학교 동문이나 중학교 동문들과도 연락을 주고받는다는 말은 듣지 못했다. 군에서 부사관으로 근무한다더라, 아파서 죽었다더라 등의 아니면 말고 식의 이야기는 더러 나왔다. 고향에 선산이 있어 벌초 때 조용히 와 벌초만 하고 간다는 말은 믿을 만 했다.

올 가을 하늘을 바라봤다. 가을하늘은 공활하고 높고 구름이 없었다.

우리반장이 생각났다. 보고 싶었다. 만나보고 싶었다.

무슨 이유로 열네살 된 우리반장이 모질게 맞았는지 궁금했다. 지금 만나더라도 우리반장은 자세한 사연을 들려주진 않을 것이다. 누가 뭐래도 나는 우리반장을 믿는다. 18세 여름날, 그의 눈빛을 보면서 억울한 마음을 읽을 수 있었다.

올 가을 열네 살 소년으로 돌아가 우리반장을 만나보고 싶다.
우리반장이 지금 어디서 무엇을 하며 어떻게 살고 있는지 모른다.
더 늙기 전에 우리반장 꼭 만나고 싶다. 만나게 된다면 얼싸안고 한참 울겠지. 한참 뒤에 손바닥 호호 불어 손바닥이 날아들었던 빰하고 실내화 뒷굽이 날아들었던 정수리를 어루만져 주리라. 지난날 눈물 자국이 만든 얼굴에 보이지 않는 골을 닦으리라. 지난 아픔 털고 모진 인연 용서하란 말은 하지 않으리라. 헤어질 땐 우리반장 꽉 보듬고 승승장구하길 기도한다고 귓가에 대고 말하리라.
시리도록 푸른 가을에 대고 외쳐본다.
"우리반장아, 에나로 보고 싶다이."

(2018.9.15.)

#11

가장 맛있는 반찬

국수사리를 양껏 가져다 먹어도 괜찮다. 반찬도 마찬가지다. 학생들은 사리를 쌓아놓고 먹었다.
"맛있나?" "맛있습니더."우리 배구클럽은 3년 만에 가장 맛있는 반찬인 승리를 먹었다.

가장 맛있는 반찬

전국 학교스포츠클럽대회가 있다. 2007년 1회 대회를 시작으로 2018년까지 11회째 대회가 열렸다. 전국학교스포츠클럽 대회는 전문 선수가 아니라도 학생 개인이 운동하여 능력을 길러 기량을 겨루기 위해 만든 대회다. 전국 대회에 참가하려면 상반기에 주말리그를 교육장배 대회에서 지역교육청 대표로 뽑혀야 한다. 교육감배 대회에서 우승해야만 시도 대표로 전국대회에 출전할 수 있다.

나는 체육교사도 아니고 배구 선수 출신도 아니다. 전국 학교스포츠클럽 대회가 열리기 전인 2005년부터 배구클럽을 만들었다. 매주 목요일 체육관에서 배구 지도를 하고 있다. 2009년부터 전국 학교스포츠클럽 대회에 나가려는 목표로 대회에 출전하고 있다. 그 이유를 말한다.

학생들은 학창시절 목표를 정하고 마음을 모으고 끈기 있게 매달려 포기하지 않는 훈련을 하고 사회로 나가야 한다고 본다. 그런 훈련이 된 학생들이 있다. 성적이 우수한 학생들이다. 동급생부터 교사들, 선배와 후배들, 학부모들까지 성적이 우수한 학생의 얼굴은 몰라도 이름은 안다. 그 후광은 수명도 길다. 졸업 후에도 누구, 누구가 학교 다닐 때 성적이 우수했다고 말한다. 목표 의식, 집중력, 끈기, 포기하지 않는 힘을 인정한 것이라고 본다.

성적을 통해 자아를 긍정하고 성취를 꿈꾸면서 성장하는 학생은 소수였다. 그렇지 못한 학생들에게도 '목표 의식, 집중력, 끈기, 포기하지 않는 정신' 을 전하고 싶었다. 그것들은 학업은 물론 다른 분야에서도 살아가는 힘이 된다고 믿기 때문이다.

학기 초, 배구클럽에 1학년 남학생들 스무 명 정도가 가입한다. 첫 만남에서 말한다.

"재미를 찾으려면 PC방에 가서 컴퓨터 게임을 해라. 건강을 챙기려면 헬스클럽에 가라. 우리 배구클럽의 목표는 전국 학교스포츠 클럽 참가다. 그라자믄 상반기 교육장배 대회에서 이기야 된다이! 다른 학교 이길라 카믄 독하게 연습시킬 낀데 잘 전(견)디건나?"

다른 운동에서 성취를 얻은 1학년 학생들은 자신감이 넘친다. 2, 3학년 선배들이 구사하는 화려한 기술인 스파이크부터 따라하려고 한다. 스파이크는 배구근육이 형성되지 않고서는 불가능하다. 배구근육은 성실함과 끈기가 있어야 생긴다. 언더토스부터 연습해야 한다. 언더 토스 자세는 태권도 기마자세보다 더 무릎을 굽히고 허리를 펴고 앉는 연습을 이겨내야 몸에 익는다. 일상생활에선 사용하지 않는 근육을 사용하는 자세라 연습하는데 힘이 든다. 지도하는 교사의 눈을 피해 선배들 따라 스파이크부터 하려고 든다. 스파이크가 될 리 없다. 결과가 나오지 않으니까 조바심 낸다. 그러다 안 되면 배구클럽에서 나간다. 클럽에서 나가는 학생은 잡지 않는다. 다시 들어오면 거절하지도 않는다. 클럽에 다시 들어온 학생들은 나가지 않는다. 그러면 학년말이 되면 예닐곱 명 남는다. 1학년 때 남은 학생들은 3년 동안 배구하면서 목표 의식, 집중, 끈기, 포기하지 않는 힘을 배우며 배구마니아로 변한다.

2009년부터 2015년까지 지역 대표로 교육감배를 손에 넣기 위해 낙동강을 여섯 번 도하했다. 교육감배에서 세 번 예선 탈락하고 3위는 세 번 차지했다. 2016년 이후로 지역 예선대회 참가팀도 늘었다. 다른 팀 기량도 만만찮았다.
2016년, 2017년, 2018년까지 3년 연속 지역대회 우승팀과 예선 첫 경기에서 만났다. 첫 경기에서 지고 말았다. 그 전까지 가을이면 버스를 전세내고 학생들을 인솔하여 낙동강을 건너야 한다고 생각했다. 늘 전국학교스포츠클럽 대회 참가만 염원했다. 3년 연속 지역대표 선발전에서 탈락하고 보니 그 지역대표가 되는 과정도 만만찮았다.
2018년 상반기 대회 지역 예선 첫 경기는 양 팀간 신경전이 대단했다. 세트 점수 2대1로 지고 난 뒤 학생들이 울었다. 선배들이 건너간 낙동강을 건널 수 없어 그렇다고 했다. 양산을 벗어나 더 큰 경험을 맛보게 하고 싶었는데 그러지 못해 아쉬웠다. 식사하면서 하반기 대회에서 그 팀을 이기자, 라며 달랬다.
하반기 대회 일정을 알리는 공문을 접수했다. 11월 3일 열리는 하반기 대회는 지역대표 선발을 두고 펼치는 경기는 아니었다. 양 팀의 자존심을 걸고 치르는 경기였다. 연습 도중 학생들에게서 3년 간 당한 패배를 설욕하겠다는 의지를 느낄 수 있었다.

11월3일,
하반기 대회가 열렸다. 라이벌 팀과 결승에서 만났다. 우린 시합에 뛸 만한 선수는 11명이 전부였다. 다른 팀은 25명이 있었다. 우리 팀 주전 선수 한 명은 연습 도중 상대 공격수가 스파이크한 공에 눈을 맞아 병원으로 실려 갔다. 열 명이 경기에 나가야 했다. 몸 상태에 따라 교체할 선수가 없어져 버렸다.
상대는 자기학교 체육관이라 편안해 보였다. 우리를 3년째 이겼다는 자신감이 엿보였다. 경기가 시작됐다. 상대는 거침없었다. 1세트 시작과 동시에 우리가 상대를 몰아세웠다. 순식간에 1세트가 끝났다. 나도 학생들도 무엇을 했는지 몰랐다. 그런데도 이겼다. 2세트 상대가 분발했다. 우리가 지고 말았다. 배구는 흐름의 경기다. 2세트에 흐름을 챙긴 팀이 이기는 확률이 많다. 우리학교 선수들 사기가 꺾였다. 패색이 짙었다.

"3년째 질 순 없다."

2세트가 끝난 뒤 우리 팀 주장이 말했다. 주장은 모친이 실업팀에서 주공격수로 활약했다. 그런 유전자를 받아 체격이 우수했다. 배구 재능과 지능도 뛰어났다. 주장의 말을 들으며 침착하게 감독에 임할 수 있었다. 내가 무엇을 하고 학생들이 무엇을 해야 할 것인지 보였다. 잠시 뒤에는 상대 팀이 무엇을 하고 있는지 무엇을 하려고 하는지도 보이기 시작했다.

3세트 14대 12 우리 팀이 이기고 있었다. 3년 간 패배를 끊을 기회가 눈앞에 왔다. 서브권도 우리가 갖고 있어 이길 수 있겠다고 생각했다. 우리 팀 선수가 서브를 넣었다. 상대 팀 선수가 안전하게 리시브하고 세터가 공격수에게 토스를 올렸다. 우리 팀 선수가 상대 공격수를 보고 뛰어올랐다. 주심의 휘슬이 울렸다. 아웃 선언. 상대 팀 공격수가 공을 선 밖으로 쳐냈다. 히딩크 감독처럼 양 손으로 어퍼컷 세러머니를 펼쳤다. 3년 만에 승리를 맛본 학생들이 품으로 달려와 안겼다.

우린 배낭에 땀에 전 유니폼을 넣고 소금기가 배여 나오는 얼굴로 체육관을 나와 단체 사진을 찍었다. 상대 팀 학교란 것을 고려하여 마음껏 기

빠하지 않았다. 택시를 불렀다. 기사에게 우리가 가는 돼지국밥집으로 가자고 했다. 그 집은 맛집으로 소문난 식당이 아니다. 우리 팀 17명이 1인당 밥값으로 학교에서 나온 7000원으로 푸짐하게 먹을 수 있는 곳이다. 국수사리를 양껏 가져다 먹어도 괜찮다. 반찬도 마찬가지다. 학생들은 사리를 쌓아놓고 먹었다.

"맛있나?" "맛있습니더." 우리 배구클럽은 3년 만에 가장 맛있는 반찬인 승리를 먹었다.

전국 학교스포츠클럽 배구대회에 나가려는 염원은 아직 이루지 못했다. 염원을 이루고 난 뒤에 먹는 밥맛이 궁금하다.

(2018.11.9.)

12

꽃보다 아름다운 사람들은

꽃보다 아름다운 사람들이 정말 있구나! 하면서 그 동안 가졌던 의심을 걷어낼 수 있었습니다. 꽃보다 아름다운 사람들은 말보다 행동으로 보여주는 사람들이었습니다.

꽃보다
아름다운 사람들은

사람이 꽃보다 아름답다는 노래를 들으며 의문을 품었습니다. 사람이 과연 꽃보다 아름답기는 할까? 사람과 만나 쓴 맛을 보기도 했습니다. 또한 다른 사람들에게 쓴 맛을 남기기도 했습니다. 그러면서 사람 만남에 신중해졌습니다. 인연을 이어가려고 애 쓰지 않았습니다. 지켜보면 사람들은 거기서 거기 같았습니다. 말은 흘러넘치는데 행동은 따르지 못하는 경우를 보니 그랬던 것입니다. 그러다 보니 사람을 만날 때 기대하지 않는 것에 익숙해졌습니다. 작년에 사람이 꽃보다 아름다울 수 있다는 것을 알았습니다. 꽃보다 아름다운 사람들이 정말 있었습니다. 그 사람들은 말은 줄이고 행동하면서 풍기는 향기는 진하고 아름다웠습니다.

작년에 고3 담임을 맡았습니다. 고3 학생들은 불투명한 미래로 힘겨워 하지만 대학생활을 기대하며 설렘을 간직하기도 합니다.
학기 초 성민(가명)이와 진학 상담을 했습니다. 성민이는 대학 진학대신 취업할 것이라고 말했습니다. 미래에 대한 설렘까지 포기한다는 말로 들렸습니다. 재작년 2학년 부장을 하며 성민이 사연을 알았기에 대학 진학을 권유할 수 없었습니다. 성민이 어머니가 난치병으로 투병 중이었습니다. 치료비 부담으로 가계가 어려워졌습니다. 어머니가 통원치료 갈 땐 성민이가 함께 갔습니다. 성민이도 건강하지 않아 힘겨운 동행길이었습니다. 성민이 자신의 건강 문제로 부모님께 응석을 부릴 처지였습니다. 집안 사정을 알고는 의젓한 모습을 보여 주었습니다.
작년 8월 13일 2학기 개학날이었습니다. 교실 천장에 설치된 냉온방기에서 찬 공기가 쏟아져 내리는데도 학생들은 입에 "덥다, 더워."를 달고 있었습니다. 개학날부터 대학수학능력고사 원서를 작성했습니다. 그 일을 끝낸 후 4년제 대학교 수시모집에 지원할 학생들을 상담하고 원서를 작성했습니다. 또 전문대 입시상담하고 원서 작성하고 나니 추석 연휴가 다가와 등을 툭 쳤습니다.
추석 연휴가 끝난 뒤 출근한 날 성민이한테 전화가 왔습니다. 아버지마저 쓰러져 병원 집중치료실에 있다고. 전화를 끊고 나니 성민이 처지가 하늘로 날아오르기도 전에 바퀴는 펑크 나고, 프로펠러는 부러지고, 조종석 유리창마저 깨진 비행기 같았습니다.

하염없이 안타까워하고 있을 수만 없었습니다. 성민이가 다시 하늘로 날아오를 방법을 찾아봐야 했습니다. 인터넷으로 기부단체를 검색하고 연락했습니다. 한 단체는 한 달에 한 번 심사를 해서 대상자를 선정한다고 했습니다. 지원하기 위해 관련 서류를 인터넷으로 검색해 보니 서류 발급비용만 해도 만만찮았습니다. 서류를 제출한다고 해도 선정될 가능성도 낮았습니다.

전교 회장과 우리 반 반장과 부반장을 데리고 성민이 아버님이 입원한 병원부터 찾았습니다. 다음날 교장실로 가서 성민이 사연을 전하고 학생회에서 모금활동을 하기로 했습니다. 그런 사연을 알게 된 반장 아버지는 동전이 꽉 찬 돼지저금통을 보내주셨습니다. 학생회 명의로 통장을 개설하고 입금해 두었습니다. 모금활동만으로 성민이가 날아오를 힘을 찾기엔 한계가 있었습니다. 성민이의 부모님이 회복되더라도 생계를 잇기는 어려웠습니다. 성민이가 가장 역할까지 맡은 셈이었으니까 말입니다. 성민이가 매몰차게 몰아치는 칼바람을 이겨낼 방법을 찾아야 했습니다.

10년 전 만난 학부모님이 떠올랐습니다. 그 분은 본인의 자녀가 졸업한 뒤에도 학교에 도움이 필요하면 소매를 걷고 나섰습니다. 그 분의 지난 수고를 알기에 망설였습니다. 성민이의 사정이 절박해 염치불구하고 연락했습니다. 사연을 듣더니 "선생님, 저한테 도울 기회를 주셔서 고맙습니다."하고 말했습니다.

10월 중순 퇴근 시간 무렵이었습니다. 책상 위에 있던 스마트폰이 드르륵 소리를 내면서 떨었습니다. 낯선 전화번호가 액정에 보였습니다. 양산시청 공무원한테서 온 전화였습니다. 10년 전 학부모님에게 제보 받았다는 사정을 전했습니다. 성민이 사정을 알려달라고 말했습니다. 담당자 분은 사연 한 대목이 끝날 때마다 "예."하면서 듣고만 있었습니다. 사연을 전하고 나자 별다른 말없이 "알았습니다."하고 전화를 끊었습니다. '기대가 크면 실망도 따라가지.' 하면서 퇴근길에 올랐습니다.
퇴근한 지 20분 정도 지났을 때였습니다. 스마트폰에서 문자 도착 알림 소리가 울렸습니다. 스팸 문자겠지, 하면서 운전대를 잡았습니다. 집으로 온 뒤에도 문자를 확인하지 않았습니다. 저녁을 먹고 난 뒤였습니다. 카톡 소리가 났습니다. 카톡을 확인하니 모임 안내하는 내용이었습니다. 스마트폰을 잡은 김에 스팸문자를 지워야겠다고 문자메시지를 확인했습니다. 문자메시지를 여니 양산시청 주민생활지원과입니다, 로 시작하는 첫구절이 보였습니다. 글이 길었습니다. 다음 구절부터 읽어 나갔습니다.
성민이 아버지 긴급의료비, 생계비, 성민이 건강 대책까지 지원한다는 내용이었습니다. 나중에야 담당자 이름을 확인했습니다. 담당자가 앞에 있었다면 큰절을 올리고 싶었습니다. 성민이 삶에 드리운 먹구름을 걷어내기 위해 마음 내 주신 10년 전 인연을 맺은 학부모님에겐 삼배를 올리고 싶었습니다.

메시지를 읽고 난 뒤 '행정 처리가 이렇게나 신속하다니!' 하면서 감탄하고, 업무를 처리하고 결과까지 알려준 담당 공무원의 사명감과 친절함에 감동하고, 성민이가 조금이나마 부담을 덜 수 있어 안도했습니다.

'꽃보다 아름다운 사람들이 정말 있구나!' 하면서 그 동안 가졌던 의심을 걷어낼 수 있었습니다. 꽃보다 아름다운 사람들은 말보다 행동으로 보여주는 사람들이었습니다.

(2018.11.30.)

#13

밀가루와 달걀

다른 학교 학생들은 대놓고 밀가루를 뿌리고 달걀을 던졌다. 졸업식이 끝난 뒤 학교 안팎에 뿌려진 밀가루와 던져진 달걀을 보면 씁쓸했다. 그런 악습은 해결할 수 없는 수학 문제 같았다.

밀가루와 달걀

2003년 2월 춘계방학 때였다. 일직이라 학교에 출근했다. 새 학기 준비를 하면서 오전 시간을 보내고 있었다. 교무실로 한 통의 전화가 걸려왔다. 수화기를 들자마자 "버스 터미널인데요. 그 학교 학생들이 터미널 대합실을 엉망으로 만들어 놧 심미더."하고 성난 목소리가 울려 나왔다. 졸업식은 어제 끝났는데 무슨 일일까? 무슨 일인지 종잡을 수 없었다. 수화기 너머 터미널 직원의 목소리로 봐서는 뭔가 일이 생긴 것 같았다. 그 당시 통도사 버스터미널은 우리학교 담장 밑에 있었다. 학생들이 터미널 화장실에서 흡연하는 문제로 민원 전화가 오곤 했다. 춘계방학이라 학생들도 학교에 오지 않았는데 무슨 일이지?

"무슨 일이신지요?"

"그 학교 학생들이 대합실 안에다 밀가리 뿌리고 계란 던지 가꼬 대합실을 엉망으로 만들어꼬예. 몇 놈 잡아 놧 심미더. 데리고 가이소."
"우리학교는 어제 졸업식 했습니다."
"뭐라 카는교? 밀가리 뿌린 놈하고 계란 던진 놈 잡아 놧 다니까예. 요놈을 데꼬 가이소."
버스터미널 직원의 말을 듣고 그날이 같은 울타리 안 중학교 졸업식 날이란 것을 알았다. 터미널 직원은 화가 나 중학생인지 고등학생인지 확인하지 않고 전화부터 걸었던 것이다. 중학교에서 처리해야 할 일이라 생각했다. 중학교 교사들도 같은 급식소에서 밥을 먹는다. 식구들이었다. 중학생들도 같은 울타리 안 식구였다. 터미널 직원에게 중학교 전화번호를 가르쳐 주면 거기로 전화하세요, 라고 말할 수 없었다. 화가 난 터미널 직원에게 업무 주체를 설명하면서 말을 이어가긴 싫었다.
"죄송합니다. 제가 터미널로 나가겠습니다."
교직원 화장실로 가서 바케쓰, 수세미, 빗자루, 쓰레받기, 걸레, 세제, 고무장갑을 챙겼다. 청소도구들을 들고 터미널로 갔다. 교복, 머리, 얼굴까지 밀가루와 달걀까지 덮어 쓴 남학생 세 명이 대합실 의자에 앉아 있었다. 그들 옆에 다가가니 달걀 비린내가 진동했다. 직원에게 죄송합니다. 하고 사과부터 했다.
터미널 직원은 사과해도 화가 풀리지 않은 얼굴로 사정을 전했다. 중학생 세 명이 대합실 안으로 도망쳐 왔고 그 뒤에 대여섯 명이 달려와 밀가루를 뿌리고 달걀을 던져 대합실 안에 있던 승객들이 눈살을 찌푸리면서 밖으로 나갔다고 했다. 달아난 학생들이 던진 계란이 벽에 튀어 붙은 채 굳고 있었다. 바닥에는 밀가루 위에 흰자와 노른자가 쏟아져 절로 반죽이 된 채 펼쳐져 있었다. 계란껍질이 장식하듯 반죽 위에 앉아 있었다. 터미널 직원에게 재차 사과를 하고 터미널 화장실 안으로 들어가 바케쓰에 물을 받았다. 중학생들에게 빗자루로 바닥을 쓸게 했다. 흰자와 노른자가 굳으면서 접착제처럼 변했다. 빗자루에 달라붙어 떨어지지 않았다. 벽에 붙은 밀가루는 걸레로 훔칠 수 있었다. 흰자와 노른자는 비린내만 풍기면서 쉽게 지워지지 않았다. 중학생들의 표정을 살폈다. 재수 없이 직원에게 걸려서 고생한다는 표정이었다.

입이 나온 채 빗자루질을 하던 중학생들을 보며 앞날 고등학교 졸업식 날 일이 떠올랐다. 첫 담임한 학생들 졸업식 날이기도 했다. 축하하기 위해 정장에 롱코트를 입고 갔다. 첫 담임한 학생이 같이 사진을 찍자고 했다. 둘이 자세를 취하고 있을 때 다른 학교 교복을 입은 학생이 다가오더니 첫 담임한 학생 머리에 달걀을 던졌다. 달걀이 깨지면서 흰자와 노른자가 검은색 롱코트까지 날아왔다. 옷을 버려버렸다. 화가 나 다른 학교 학생을 불렀다. 못 들은 척하고 교문 밖으로 달아났다. 학부모들 앞에서 그것도 운동장 복판에서 롱코트에 흰자와 노른자를 뒤집어 쓴 모습을 보여주고 말았다.

졸업식 날의 추억은 그뿐이 아니었다. 2000년 말부터 2001년 초까지 학교 건물 전체 바닥에 타일을 시공했다. 졸업식 무렵 타일 공사를 거의 끝내고 준공 검사를 앞두고 있었다. 졸업식을 끝낸 뒤 교사들이 회식 장소로 가기 위해 기다리고 있을 때였다. 학교 시설을 책임지는 행정실장이 교무실 문을 열고 들어서더니, "동편 현관이, 동편 현관으로 가 보세요." 하고 절규했다. 그때 학생부 근무를 했다. 뭔가 심상치 않은 일이 생겼나, 하면서 동편 현관으로 달려갔다. 그런 일이 있으면 학생부 교사들이 현장으로 달려가야 했다.

동편 현관으로 가니 행정실장이 절규한 이유를 알 수 있었다. 준공 검사도 끝내지 않는 벽과 복도에 밀가루와 달걀 흰자와 노른자가 반죽된 채 펼쳐져 있었다. 그것을 밟은 듯 무수한 발자국까지 나 있었다. 동편 현관은 3학년 교실이 있었다. 후배들이나 다른 학교 학생들이 졸업장을 받고 나오는 졸업생을 현관 입구에서 기다렸다가 밀가루를 뿌리고 계란을 던졌던 것이다. 청소도구를 들고 행정실장과 달려간 교사들이 한 시간에 걸쳐 날달걀 비린내를 맡으며 현장을 수습했다. 다음 해 졸업식이 끝난 뒤 동편 현관으로 가서 보초를 섰다. 졸업식 날 날달걀 비린내를 맡고 싶지 않았기에 그랬다.

버스터미널 청소를 마치고 교무실로 돌아오자 손발이 시렸다. 정확하게 말한다면 마음이 시렸다. 졸업식 날 날달걀과 밀가루가 사라지는 것은 불가능한 일 같았다. 졸업식 날 교사들이 순찰하는 것은 한계가 있었다. 우리학교 학생들은 교사들 눈앞에서만 밀가루나 달걀을 감추는 시늉을 했다. 다른 학교 학생들은 대놓고 밀가루를 뿌리고 달걀을 던졌다. 졸업식이 끝난 뒤 학교 안팎에 뿌려진 밀가루와 던져진 달걀을 보면 씁쓸했다. 그런 악습은 해결할 수 없는 수학 문제 같았다.
졸업식 때 밀가루와 달걀의 잔해를 보는 것은 유쾌한 일이 아니었다. 불청객을 몰아내는 방법을 찾기 위해 고민하다 3학년 담임이 되면 가능할 수 있겠다는 생각이 들었다. 2008년 처음으로 고3 담임을 했다. 2009년 졸업식이 다가왔다. 졸업식 1주일 전 뚝심 있는 학생에게 전화했다. 방법을 실천한 것이다.
"한 가지 부탁하자. 쪽 팔리게 살지 말자. 졸업식 날 후배들하고 다른 학교 다닌 친구들이 밀가루하고 달걀 들고 오는 일은 없도록 해야 안 되것나. 악습 한번 끊어보자."
"알것습미더"
"믿는다이."
2009년 졸업식 날이었다. 우리 반 학생들과 첫 고3 담임한 터라 정이 들었다. 교실에서 박상철의 무조건을 부르며 헤어졌다. 뚝심 있는 학생과 전화 통화 결과를 확인해야 했다. 동편 현관으로 달려갔다. 밀가루와 달걀의 흔적이 보이지 않았다. 현관에서 구두를 신고 운동장으로 나갔다. 밀가루와 달걀껍질을 찾을 수 없었다. 교문 앞으로 내달렸다. 밀가루와 달걀의 잔해조차 찾을 수 없었다. 환희심이 일었다. 버스터미널로 느릿 느릿 걸었다. 대합실엔 승객들이 편안하게 앉아 있었다. 졸린 눈으로 하품을 하는 승객도 보였다. 그날 터미널 직원의 성난 목소리를 듣지 않았다.

2018년 12월31일 문자를 받았다.

바쁘게 살아왔던 2018년도가 저물고 있습니다. 좋은 사람들과 따뜻하게 사랑과 정이 넘쳐나는 행복한 연말 되시길 기원합니다. 2019년 새해도 언제나 건강하시고, 행복과 행운이 넘치는 해가 되시길 기원합니다. 새해 복 많이 받으십시오!

10년 전 악습을 끊는데 일조한 졸업생이 보낸 문자였다. 그는 작년부터 사업을 시작했다.

(2019.1.15.)

14

자네, 올 3월은 어때?

"자네, 해마다 3월이면 새 학생들을 만난다고 신나했지! 학생들의 다양한 욕망을 읽고 진학이면 진학, 교과 지식이면 지식, 교우 관계 등등 도움 준다고 좋아했고. 마음 알아준 졸업생 만나 지난 세월 이야기하며 정을 나눈다고 할 땐 교사인 자네가 살짝 부러웠어. 자네, 올 3월은 어때?"

자네,
올 3월은 어때?

"자네, 해마다 3월이면 새 학생들을 만난다고 신나했지! 학생들의 다양한 욕망을 읽고 진학이면 진학, 교과 지식이면 지식, 교우 관계 등등 도움 준다고 좋아했고. 마음 알아준 졸업생 만나 지난 세월 이야기하며 정을 나눈다고 할 땐 교사인 자네가 살짝 부러웠어. 자네, 올 3월은 어때?"

"올해 담임을 맡을 아이들 만나러 교실에 갔어. 이름을 불렀어. 30초 정도 얼굴을 보면서 눈인사도 하고 말이야. 서너 명 눈인사 마치고 다음 학생 이름 부르는데 대답이 없는 거야. 그 학생 자리에 없냐고 물었더니 다른 학생들이 손짓으로 그 학생을 가리키는 거야. 마스크 하고 챙 모자 쓰고 그 위에 후드 모자까지 덮어 쓴 거야. 얼굴이 보여야지. '야, 첫 만남인데 모자 벗고 얼굴 한 번 보자.' 하고 말했지. 버티는 거야. 그런 걸 두고 담임 간보기 한다고 그러대. '모자 벗으면 안 될까?' 부탁했지. 끝내 버티더라고. 화는 나는데 꾹 눌렀어, 휴우~."

"자네, 작년에도 작년에 반 학생들이 결석해 댄다고 고민했잖아. 출석부인지, 결석부인지 모를 정도로 결석이 잦다고 그랬지?"

"자네 앞에서 못난 짓 했던가? 쑥스럽네그려. 결석부로 변한 출석부 정리한다고 숫자하고 씨름했어. 전화해도 안 받다가 떡 하니 교실에 나타나 진료확인서, 의사소견서, 처방전 책상에 던져두고 사라진 학생들이 많았지. 무단결석, 무단지각, 무단조퇴하면 생활기록부에 기록이 남고 취업에 악영향을 끼치니 그런다고 하면서 말이야. 결석계 내밀면 가져오기나 하나. 작년에 무릎 관절도 아팠잖아. 절룩거리며 결석계 손에 들고 그 학생들 찾으러 다녔지. 어디서 찾은 줄 알아?"

"알지, 자네가 말했잖아. 아파서 병원 다녔다는 학생이 운동장에서 야생마처럼 공 몰고 질주하는 모습을 봤다고."

"그랬나?"

"자네, 시치미 떼는 거야? 그뿐이었어? 작년 가을인가? 만난 자리에서 매일 조퇴시켜 달라고 오는 학생이 조퇴시켜 주지 않는다고 '씨팔' 하고 학교 밖으로 뛰쳐나간 뒤 학부모 민원 올까 봐 자네 바짝 긴장했잖아. 자네가 하도 긴장해서 나랑 그 학생 찾으러 피시방 간 적 있었잖아. 자네 표정이 지금도 눈에 선해! 그 학생이 컴퓨터 화면을 노려보고 피아니스트처럼 컴퓨터 자판 위로 손가락 날리던 모습을 보고 입을 다물지 못 하더만. 그때 그 학생한테 아무 말도 안 하고 나오는 자네한테 실망했지. 자네는 내 속마음을 읽었는지 어깨를 늘어뜨리고 계단 내려오면서 '교육환경이 달라졌는데 어쩌라고? 아동복지법도 시행된다고 하고, 학생인권조례 제정 등으로 학생 인권이 강화되는 추센데….' 하고 중얼거렸지. 그 정도에서 끝날 줄 알았는데 말이 이어졌어. '정책을 시행하지만 학생이 문제를 일으켰을 경우 대안은 없는데, 젠장, 문제를 일으키는 학생들은 그 점을 잘 알고 있는데. 쯧쯧, 혀를 차데. 그날 자네하고 술깨나 마셨지. 말싸움도 하고 말이야."

"그날 말싸움을 했다고? 내가 뭐라고 그랬는데?"

"내가 교육 이야기 꺼내니까 말이야. 자네가 '기성세대는 술자리에 앉으면 교육문제를 안주처럼 꺼낸다고. 교사가 현장에서 피부로 느낀 이야기하면 우리 땐 안 그랬는데… 요즘아이들은 문제라고 하면서 대안없는 결론만 내린다. 기성세대는 자기가 학창시절 경험한 단면만 보고 전체를 다 알고 있는 것처럼 착각한다. 교사가 교육현장에서 일어나는 다양한 면을 말하면 기성세대는 기껏 자기 경험에서 벗어나지 못한 채 생각의 폭을 넓히지 않으려 든다.' 하고 불같이 화를 냈지."

"자네에게 고백하건대 교사인 나도 고정관념을 벗어나자고 다짐한 건 얼마 되지 않았어."

"그래?"

"3년 전인가. 개학 첫날부터 일주일 내도록 학교에 나오지 않은 학생이 있었어. 다음 주 학생 어머니한테 전화를 했어. 사정을 전했지. 알았어요, 하고 전화를 끊더라고. 그런 경우가 한두 번이야지. 다음날 그 학생 올 줄 알았지. 안 나오데. 전화했잖아. 신호만 한 참 울리더니 수신되지 않았다는 여자 목소리만 들리더라고. 개학한 지 10일 만에 학생이 나오더라고. '엄마는 왜 담임 전화 안 받는데?' 하고 말했지. 그 학생이 '내가 중학교부터 꼴통짓 많이 해서 우리 엄마는 학기 초에 담임 전화 받고 나면 담임전화 번호 수신거절 번호로 등록해 버리는데요.' 하고 말했어. 그날 이후로 교사생활 해오면서 느낀 감정이나 생각을 벗어던지기로 했어. 학교 안팎에서 어떤 상황을 보더라도 '아, 그럴 수도 있겠구나.' 하고 지켜보기만 하고 내 생각, 감정, 판단, 기억 따윈 지워버리기로 했지."

"친구야, 할 말 없다. 그나저나 이전에 술자리 한번 했던 네 선배교사 최 선생님은 잘 계시냐?"

"자네 뚱딴지처럼 최 선배 이야기를 왜 꺼내?"

"신문 보니까. 2019년 2월 말 교사들 명퇴 신청자는 6039명이라 그러대. 최근 3년간 2월 말 명퇴 신청자 수는 2017년 3652명, 2018년 4639명, 2019년 6039명이라고 하더만. 2년 전보다 2387명, 1년 전보다 1400명이 늘었더라. 최 선생은 명퇴 안 했어?"

"안 했어. 그 선배 정년퇴직 6개월 남았어."

"그 최 선생님은 정년까지 간다고? 대단한데!"

"최 선배 열정은 초임 그대로야!"

"그렇구나."

"자네는 최 선배 한 번 봤을 텐데 여태 기억하고 있었어?"

"어떻게 그 선생님을 잊을 수 있어? 내가 처음 만난 술자리에서 교사들 험담했잖아. 술도 마셨겠다. 나이도 30대 초반 아니었나. 학창시절 교사들에게 체벌당한 기억에 욱해서 말이야. 그때 최 선생님이 '형 씨요, 교사는 뭐하는 사람이라고 생각합니까?' 답할 수가 있어야지. 그때 최 선생님이 '교사는 영혼을 살찌우는 사람이다.' 하고 고함 쳤지. 내가 앗, 뜨거하며 바라만 봤지. 최 선생님이 '저는요. 손잡이에 기氣라고 한자를 써 놓은 회초리로 체벌하며 모난 학생의 성질 머리를 다듬고, 호통을 쳐서 삐뚤어진 학생의 마음을 세우고, 으름장을 지르면서 숨어있는 비열한 발톱이 나올 구멍을 막는다오. 의사가 환자를 치료하려면 약도 필요하고 수술도 필요한데 교사가 학생의 영혼을 살찌우려면 여러 가지 방법을 써야 안 되겠어요.' 하고 소리 질렀지."

"자네, 기억력 좋네. 한 번 술자리 같이 했는데 그걸 20년이 다 돼가는 데도 기억하고 있네!"

"자네, 올 3월은 어때?"

(2019.2.20.)

15

학교의 부장들

학교의 부장을 만난 순간이었다. 부장은 언제 수업이 비는가를 물었다. 오후에 수업이 빈다고 하니 부장은 자신의 시간표를 보고 6교시가 같이 비었네, 하고 말했다. 신입 교사 처지에서는 부장이 무슨 일로 보자는 건지? 당황하지 않을 수 없는 노릇이었다.

학교의 부장들

학교는 교육기관인 동시에 행정기관 역할을 하는 곳이다. 수업은 교사가 책임을 맡고 진행하는 고유의 영역이라면 학교행정은 담당 부서장을 중심으로 일을 진행한다. 부장 일도 행정업무를 담당하는 부장과 학년을 담당하는 부장으로 나눌 수 있다. 신입 때는 부장의 역할을 제대로 몰랐다. 주어진 업무를 해내면 된다고 생각했다.

올해 학년부장 업무를 맡는다. 지난 교직 생활을 돌아봤다. 큰 것을 놓치고 살았다. 미숙한 후배를 이끌어 준 부장들이 남긴 울림이 얼마나 깊고 넓은지 모르고 살았다. 전생에 무슨 복을 지었는지 같은 부서, 학년에서 만난 부장들과 인연은 원만했다. 신입 시절 업무가 서투르다고 질책받은 기억은 없다. 결재 갔다가 지적 받고 서류 작성해 다시 올리면 웃으며 도장을 찍어주었다. 부장은 학교 관리자와 교사 사이를 오가면서 업무를 보는 일만 해도 만만찮은데 내색하지 않았다. 부장의 업무를 덤으로 한 적은 더더욱 없었다.

신입 교사로 학교에 첫발을 디딘 날이었다.
낯선 공간에 발을 딛는 것만으로 긴장했다. 교무실에서 쟁쟁한 선배 교사들 앞에 나갔을 때 무슨 말을 하긴 했는데 기억나지 않는다. 자리로 돌아온 순간 누군가 어깨를 두드렸다. "반갑습니다. 환경부장입니다." 그 말을 듣는 순간 부장? 학교에 무슨 부장이? 하고 어리둥절한 표정을 지었다. 환경부장이 손을 내밀었고 얼떨결에 손을 내밀어 악수했다.
학교의 부장을 만난 순간이었다. 부장은 언제 수업이 비는가를 물었다. 오후에 수업이 빈다고 하니 부장은 자신의 시간표를 보고 6교시가 같이 비었네, 하고 말했다. 신입 교사 처지에서는 부장이 무슨 일로 보자는 건지? 당황하지 않을 수 없는 노릇이었다.
6교시가 되자 부장이 눈짓을 보내더니 자리에서 일어섰다. 부장은 말없이 앞장 서 걸었다. 뒤따랐다. 행정실로 안내하더니 실장과 과장, 업무담당자들에게 나를 소개했다. 인사가 끝나자 부장은 교내 특별실, 음악실, 과학실, 미술실, 급식소를 돌며 건물의 특징을 안내해 주었다. 부장은 고등학교 구성원과 건물 안내를 끝내고 운동장 건너편에 있는 중학교로 건너가자고 했다. 중학교 교무실에 가서 다른 교사들에게 신입으로 온 교사라고 소개했다. 중학교 교감이 학교생활 적응 잘 하라고 하면서 박카스를 건넬 때 고등학교 수업 마치는 음악소리가 울렸다. "김 선생, 수업 가이시더."하고 부장은 경상도 억양이 묻은 말씨로 말했다.
고등학교로 돌아오는 보도에서 부장의 어깨를 보았다. 신입 교사가 낯선 환경에 적응하길 바라는 배려심 가득한 어깨였다. 그 부장은 퇴직한 지 만 4년이 지났다. 사회에 적응하고 신앙생활과 봉사활동을 하며 바쁜 나날을 보내고 있다. 손주들의 재롱을 보며 봉사활동으로 지친 몸을 회복한다고 전했다.

학년부장을 한 선배가 기억난다. 그 선배는 체육을 담당했다. 학생들과 스포츠 활동을 해볼 것을 권했다. "일본에는요오, 음악 선생님이 축구클럽을 운영하고요, 영어 선생님이 관악 합주부를 지도한다고요. 학생들이 자기가 하고 싶은 일을 학창시절에 배우는 자리를 만들어 주는 것도 선생님이 할 일이라니까요."하고 서울 말씨로 말했다.
체육 전공도 아닌데 배구를 가르칠 수 있을까, 걱정이 앞섰다. 물러나는 것을 좋아하지 않는 편이기도 하지만 부장의 격려에 용기를 얻었다. 그래, 한 번 해보자, 하고 부딪쳤다. 클럽을 운영하다 벽을 만나면 조언을 구했다. 어느 때는 사다리 같은 조언으로 벽을 넘었고, 해머 같은 추진력으로 벽을 부수는 법을 가르쳐 주었다. 부장의 조언은 지름길처럼 다가왔다. 부장의 조언과 시행착오 끝에 배구로 학생들과 소통하는 방법을 터득할 수 있었다.
수업과 규정 업무만 하고 지냈다면 또 다른 보람을 찾을 수 없었을 것이다. 배구로 학생들과 소통하는 길로 이끌어 주신 부장은 올해 중학교로 갔다. 정년이 5년 정도 남았을 것이다. 낯선 환경으로 떠나시는 부장의 어깨를 보았다. 이전보다 처졌다. 세월은 비켜갈 수 없었다. 단단한 어깨를 내주며 밟고 올라가 뛰놀아 봐, 하던 순간이 떠올랐다.

삼십 대 중반 몸과 마음이 아팠다.
겨울방학을 앞두고는 수업과 부서 일이 벅찼다. 몸이 더 아프지 않을까, 다른 부서원들에게 누가 되지 않을까 노심초사했다. 겨울 방학에 접어들고는 병원과 한의원을 오가며 치료를 받았다. 회복하겠다는 의지는 강했지만 회복은 더디기만 했다. 앉아 있을 수만 없었다. 겨울방학 보충수업이 끝나면 영축산으로 향하리라 다짐했다. 배낭을 메고 겨울 영축산 품으로 빨려 들었다. 체력이 고갈된 몸을 영축산은 받아주지 않았다. 숨을 헐떡이며 등산로 초입에서 돌아서길 반복했다. 각오하고 다시 찾아간 영축산 등산로 초입에서 돌아섰다. 고개 숙인 교사가 되고 말았다. 고개를 다시 들게 해 준 사람이 나타났다. 같은 부서에 근무하던 부장이었다. 부장은 "어쩌까이, 학교일 허벌나게 시켜부러서 미안허서 어쩌까이."하면서 영축산을 같이 오르자고 했다. 부장은 남을 가혹하게 부릴 분이 아니었는데 마음이 고와 본인 탓으로 돌렸다. 홀로 산을 오를 땐 다리가 후들거렸다. 부장이 앞서고 뒤따르니 걸을 만했다. 부장 뒤를 따라 겨울방학 동안 영축산 700고지에 있는 산장까지 오르내렸다. 부장은 산장에 가면 지갑에서 돈을 꺼내 고로쇠 수액을 주문했다. "한잔 하자고!" 부장의 응원 덕분에 몸에 생기가 찾아 들었고 고개를 들 수 있었다.

그 부장은 큰형이 뒷바라지를 해주어 대학까지 마칠 수 있었다고 말했다. 형제가 많았더란다. 그 부장은 농사짓던 큰형이 어금니를 깨물고 동생들에게 "순천고등학교 합격허면 밀어줄 꺼신께 안 그면 궁물도 없어야…."하면서 눈물을 훔쳤단 말을 했다. 큰형의 마음을 잊지 않고 산다고 말할 땐 콧등이 찡했다. 그 부장의 큰형을 만난 적이 있다. 자그마한 체구에 농삿일을 감당해냈다는 자존감이 엿보였다. 그 큰형이 "선생은 말이여. 학부모헌티 촌지 5만원 받으면 5만원짜리 인생밖에 안 되는 거시여. 단단히 혀."하고 부장님하고 나한테 말했다.

그 부장은 교육행정 업무는 물론 컴퓨터 프로그램 다루는 능력이 뛰어났다. 학교행정 업무를 장악하고 추진하는 힘이 탁월했다. 행정업무 하는 것을 취미처럼 여겼다. 좋아하는 것을 넘어 즐기는 차원이었다. 본인이 행정업무를 효율적으로 하는 방법을 만들면 동료들이 편안해진다는 말을 잊지 않았다. 교장이나 교감이 되면 동료들에게 더 도움을 줄 것이라며 승진하고 싶어 했다. 꿈은 이루어진다는 말은 2002년 한일 월드컵 응원 문구에 지나지 않았다. 그 부장의 꿈은 이루어지지 않았다.

그 부장은 올 2월 명예퇴직했다. 퇴임식은 없었다. 친목회에서 마련한 식사자리에서 30년 동안 학교일 하면서 청춘을 소진했다고. 모든 걸 내려놓고 한 1년 푹 쉴 것이라고 덧붙였다. 누구보다 치열하게 학교일에 매진한 사람만이 할 수 있는 말이었다.
학교의 부장들을 돌아보니 아일랜드 시인 예이츠의 시 구절이 떠오른다.

훌륭한 선배들의 어깨에 기대 더 멀리 더 높이 볼 수 있었다는 사실을, 우리는 자주 그리고 너무 쉽게 잊는다.

(2019.3.10.)

16

그들이 고해苦海를 마주하는 방법

고해苦海, 고통의 바다가 따로 없다. 익사할 것 같다. 팔다리를 움직여 본다. 종아리부터 허벅지까지 쥐가 내린다. 빠져 죽을 것 같다.

그들이 고해苦海를 마주하는 방법

학교는 배움 길에서 뒤처진 학생들에겐 비정하고 매몰찬 곳이다. 배움 길을 따라가는 학생들은 배우고 탐구하며 성취감을 느끼는 곳이 될지 모르지만 말이다.

새 학기 첫 수업하러 가는 길이었다.

복도에 덩치 큰 남학생이 한 남학생을 어깨 위로 들어 올리고 있었다. 매달린 학생은 고함을 지르며 허공에 발을 젓고 있었다. 그들 옆으로 갈 때까지 사냥 연습하는 수사자 새끼들처럼 장난에 몰입했다. 덩치 큰 학생의 어깨를 툭 치자 장난을 멈추었다. 어깨에 매달렸던 학생은 복도에 발이 닿자마자 교실로 사라져 버렸다. 무시당한 기분이 들어 황당해 할 때 "죄송합니다." 하는 소리가 들렸다. 요즘 학생들에게 듣기 힘든 '죄송합니다.' 하는 말을 듣고는 한 녀석이 달아난 것도 그만 잊고 말았다.

"죄송합니다." 참! 반가운 소리의 주인공을 살폈다. 특대형 수박 크기 정도 되는 두상, 각진 사각턱, 도드라진 광대뼈, 수염만 나있다면 임꺽정이 따로 없었다. "죄송합니다."하는 말을 할 외모는 아니었다. 눈빛을 살폈다. 냇가에서 동무와 발가벗고 물장구치는 소년의 눈빛이었다. 이상한 것에까지 탐을 낼 눈이 아니라 편안했다. 눈이 마주치자 머리를 긁적이더니 고개를 숙였다.

"됐다. 죄송한 줄 알면 됐다."하면서 수업할 교실로 들어가니 녀석이 뒤따라 들어왔다. 녀석은 교실 맨 뒷자리로 가 떡하니 앉더니 눈치를 보다 옆에 앉은 학생에게 말을 걸었다. 그 학생은 어깨에 매달려 발버둥 치던 학생이었다. 지시를 무시하고 달아난 것을 따지려다 수업 진행 관계상 그만두었다. 한 학기 수업을 어떻게 진행할 것인지 소개해 나갔다. 두 녀석에게 시선을 고정하고 수업을 이어나가야 했다. 녀석들은 저수지 둑의 빈틈을 노리는 물처럼 나의 눈을 피해 소곤거렸다.

신학기가 시작되면 일부 학생들은 교사를 간본다. 교사를 자극한다. 제지하는 정도를 시험해 본다는 얘기다. 그 교사의 반응 정도에 따라 수업시간에 행동할 범위를 정한다. 교사가 학생들 간보기에 말려들면 그들의 장단에 따라야 하는 경우가 발생한다. 그러면 다른 학생들의 학습권이 침해된다. 녀석들을 그대로 둘 수 없었다. 수업이 끝나고 녀석들을 교무실로 불렀다.

"니, 이름은 뭐꼬?"

죄송합니다, 하고 말한 학생에게 물었다.

"강수환(가명)인데요."

"너는 이름이 뭐꼬?"

"동구(가명)요."

"공부를 언제부터 멀리했지?"

동구는 대답 대신 수환의 등을 주먹으로 툭 쥐어박았다. 수환이도 기다렸다는 듯이 장난 모드로 돌입했다. 수환의 팔을 잡았다. 성인 남자 종아리를 움켜잡은 것처럼 느껴졌다.

"야, 수환아, 니는 초원에 있는 코끼리다. 코끼리가 다람쥐처럼 나대면, 안 어울린다."

고개를 꾸벅하는 것으로 대답을 대신했다.

"수업 시간에 선생님 잘 봐 도라(주라). 알것제."

수환이게게 오른손을 내밀자 아래턱을 벌리며 씩 웃으며 손을 잡았다. 그 일이 있은 뒤에도 수환이는 복도에서 동구를 어깨에 메고 장난치긴 마찬가지였다. 수환이는 나의 모습이 보이면 장난을 멈추고 교실로 사라지는 것이 달라졌다. 수업시간에도 수업에 참가하지 않았으나 동구가 장난을 걸어도 반응하지 않으려고 노력했다.

동구는 눈빛이 사나웠다. 근육 운동을 한 것을 증명하듯 상체 근육은 우람했다. 수환이가 코끼리라면 곰 정도 됐다. 앞가르마를 타고 교복은 마다하고 사복을 입고 등교했다. 책상 위엔 교과서도 공책도 찾을 수 없었다. 수업시간이면 나의 눈을 피해 교실 창가 쪽 자리로, 복도 쪽 자리로 옮겨 다녔다. 복도로 나갔다 오기도 했다. 그것도 싫증나면 수환에게 종이를 뭉쳐서 던지면서 장난을 걸었다.
수업 시작 전에 없었는데 수업 도중에 교실로 나타나기도 했다. 고개를 빳빳하게 들고 문을 벌컥 열고 들어와 자기 자리로 털레털레 걸어가 철퍼덕 앉으며 나와 다른 학생들의 관심을 끌려고 시도했다. 몸 근육, 옷차림, 머리모양, 돌발행동으로 자신을 드러내면서 다른 학생들에게 '나 이런 놈이야' 라는 식으로 자신을 드러내려고 했다. 이글거리는 태양 아래 반 도막난 촛불을 들고 '불빛 좀 봐 주세요' 하는 것 같았다.
학기를 시작한 뒤 두 달이 지날 때까지 동구의 행동은 변하지 않았다. 모험을 감행할 수밖에 없었다. 초임 시절 쓰던 방식을 동원하기로 했다. 학생들에게 책을 읽히고 복도로 동구를 불렀다. "운동 좀 했나? 나하고 씨름이나 한 판 하지."하고 말했다. 마른 체형인 나를 보더니 피씩 웃었다. "자신 있는 모양이제? 그라믄 한 판 해보자."하는 말이 떨어지자 동구는 나의 허리를 꽉 움켜잡았다. 나를 단숨에 들어서 복도에 넘기겠다는 의지가 느껴졌다. 어깨를 맞대보니 뻣뻣하고 힘만 셌다. "됐나."하자 곧장 밀고 들어왔다. 몸을 틀며 앞무릎치기 기술을 걸자 동구는 복도에 손을 짚고 말았다. 자기가 진 것을 확인하고는 나를 올려다봤다. "한 판 더 할까?"하니 고개를 저었다. 복도에서 씨름 한 판한 뒤 동구가 수업 중 수업 방해 공작을 펼치면 "도옹구."하고 목소리를 낮게 깔았다. 그러면 동구의 수업방해 동작이 멈췄다. 쉬는 시간이면 복도로 나와 장난치는 모습은 여전했다.

학생들이 학교에서 시간을 많이 보내는 곳은 교실이다. 교실에서 지적 호기심으로 배움을 탐구해 간다. 수환이와 동구도 초등학교 때는 그런 마음이 있었다. 글을 읽고 사칙연산까지는 할 줄 아는 것으로 봐서 알 수 있다. 스스로 공부와 멀어지고 뒤처지고 싶은 마음은 털끝만큼도 없었을 것이다.

초등학교 고학년이 되면 수업 수준이 높아진다. 그때부터 수업에 참가하지 않았을 수 있겠다. 그 무렵엔 뒤처지는 것을 불안해하면서 따라가려고 노력했을 것이다. 눈물도 흘렸을 것이라. 공부와 멀어지면서 억눌린 감정도 쌓였을 것이다. 가정환경, 교우관계, 지적인 면, 의지 부족 등을 담은 상자도 마음속에 생겼을 것이다. 누군가 뚜껑만 열어주면 그 사연들은 허공으로 튀어오를 것이다.

고등학교 수업 내용은 어렵다. 중학교까지 제법 공부한 학생들도 아차하면 성적이 곤두박질치기 일쑤다. 의지를 불태우며 주먹을 움켜지지만 저 멀리 달아나 수업 진도를 따라가기는 벅차다. 중학교까지는 벼락치기 공부로 앞서간 친구들을 따라잡곤 했지만 말이다.

초등학교 고학년 때부터 공부를 멀리한 동구와 수환이가 고등학교 교실에 앉아 있다. 무정한 교실에 나와 무심한 책걸상에 앉아 수업을 듣는다. 한국말로 하는 수업을 듣는다. 무슨 내용인지 알 수 없다. 50분 동안 한국말을 듣는데 도무지 모르겠다. 몸이 쑤신다. 수업 시작과 동시에 바닥부터 물이 고이더니 목까지 물이 차오른다.

고해苦海, 고통의 바다가 따로 없다. 익사할 것 같다. 팔다리를 움직여 본다. 종아리부터 허벅지까지 쥐가 내린다. 빠져 죽을 것 같다.

띵똥띵똥 수업이 끝났다. "앗, 살았다. 수업이 끝났어. 육지 같은 복도로 나가자. 쥐 내린 팔다리를 푸는 데는 장난이 최고야."

(2019.4.25.)

17

현직 교사의 좌충우돌 교실 이야기 울지 않는 아이

교사의 업業

고3 화법과 작문 수업을 맡게 됐다. 고3 학생들은 대입 준비를 해야 한다. 현실은 문제집 풀이 수업을 외면할 수 없다. 양산서 창원까지 오가며 가꾼 수업근육을 포기할 수 없었다. 머릿속에는 문제집 풀이 수업과 학생들 삶을 가꾸는 수업이 줄다리기했다.

교사의 업業

교사는 수업을 이고 산다. 수업만 없다면 교사는 할 만하고도 한다. 수업이 없다면 교사는 무엇으로 살 것인가? 수업이 교사의 존재 가치다. 글을 쓰고 있는 지금은 토요일 오전 머리 한 곳에는 다음 주 수업을 어떻게 진행할까, 고민하고 있다. 방학 때도 다음 학기 수업을 어떻게 할까 고민하긴 마찬가지다.

수업을 위해 길잡이가 필요했다. 초임 때는 대학시절 읽은 전공 서적에 매달렸다. 시간이 흘렀다. 교수방법도 시대 흐름을 무시할 수 없다. 그 뒤엔 최신 교수방법을 알리는 책을 의지했다. 수시로 원격연수를 들으며 교수법을 익혔다. 원격 연수는 듣는 도중에도, 듣고 난 뒤에도 갈증이 남았다. 의문 나는 점을 강사에게 질문할 수 없어서 그랬다. 그런 사정을 배려하듯 원격연수 사이트에 질문을 받는 곳이 있다. 수강자가 댓글로 질문하면 답글이 달린다. 그 정도론 갈증을 달랠 수 없다. 입술조차 젖지 않는다.

방학 때는 갈증을 풀기 위해 집합 연수를 신청하고 연수원을 찾아다녔다. 연수원은 오아시스였다. 각 학교의 외로운 길잡이들이 연수원으로 찾아온다. 서로 무거워진 다리를 쭉 뻗고 걸어온 길을 이야기한다. 그러면서 기운을 되찾았다. 특히 겨울방학 연수는 프로 운동 선수들의 동계훈련과 비슷하다. 프로 선수들은 동계훈련을 알차게 하면 경기에서 효과를 본다고 한다. 류현진 선수도 미국 프로야구 경기가 끝나면 국내로 돌아와 개인 트레이너까지 두며 훈련하는 것을 봤다. 겨울방학 동안 교재 연구하고, 연수에 참가해 교수방법을 익히고 나면 한 해 수업은 할 만했다.

작년 가을에 학생들에게 '한 학기 책 한 권 읽기 수업'을 진행하는 송승훈 선생님(경기도 남양주 광동고 국어교사)의 강의를 원격연수로 들었다. 강의를 들으면서 학생들에게 한 학기 동안 한 권의 책을 읽히고 서평이나 독서일지를 작성하게 하고 싶은 마음이 생겼다. 송승훈 선생님이 경남교육연수원까지 강의 온다는 공문이 날아들었다. 강의를 신청했다. 그의 손짓, 몸짓, 표정을 보고 싶었다. 그의 성량, 억양, 어조까지 듣고 싶었다. 그의 마음까지 느끼며 강의에 빠져들고 싶었다.

연수원에서 송승훈 선생님을 만났다. 그가 쓴 책을 내밀고 표지 뒷면에

서명을 받았다. 그리고 여섯 시간 동안 연수를 들었다. 강의 내내 송승훈 선생님을 개인 트레이너 삼아 가꾼 수업근육을 가꾸는 기분이 들었다. 연수를 듣고 나자 동계훈련 기간 동안 근육을 잘 가꾼 류현진 선수가 부럽지 않았다.

고3 화법과 작문 수업을 맡게 됐다. 고3 학생들은 대입 준비를 해야 한다. 현실은 문제집 풀이 수업을 외면할 수 없다. 양산서 창원까지 오가며 가꾼 수업근육을 포기할 수 없었다. 머릿속에는 문제집 풀이 수업과 학생들 삶을 가꾸는 수업이 줄다리기했다.
새 학기 수업 준비를 위해 문제집을 펼쳤다. 화법과 작문의 원리와 개념이 11쪽 정도로 요약돼 있었다. 화법과 작문 교과서 분량은 326쪽이다. 그런데 문제집엔 달랑 11쪽으로 요약해 놓은 것이 전부였다. 문제집 풀이 수업을 하면 문제 푸는 요령은 익힐지 모른다. 그러나 화법과 작문의 본질을 알고 실습할 수는 없다.
화법과 작문을 가르치는 이유를 돌아 봤다. 화법과 작문 교육과정 해설서를 찾았다. 화법과 작문을 배우는 이유는 학생들이 화법과 작문 원리를 익혀 원만하게 소통하며 괜찮은 삶을 살게 하는 것이라고 나왔다.
화법과 작문 교과서를 읽었다. 화법 관련 내용은 발표, 대화, 면접, 방송보도, 연설, 토의, 토론, 협상이 나왔다. 작문 관련은 안내, 보고문, 설명문, 기사문, 논설문, 비평문, 건의문, 광고문, 감상문과 수필, 회고문, 자기

소개서까지 나와 있었다.
화법과 작문 교과서는 학생들이 화법과 작문의 본질을 익히고 학습활동을 통해 실습할 수 있게 돼 있었다. 시중에 나온 글쓰기 관련 책에 뒤떨어지지 않았다. 실용적인 면도 있었다. 대입을 위한 면접법과 자기소개서 작성법, 대학 다니는 동안 필요한 발표와 보고서 작성법, 성인이 돼서 사용할 연설, 발표와 논설문, 설명문 작성법 등을 아우르고 있었다. 화법과 작문 교과서를 잘 익히면 자신의 생각과 감정을 말과 글로 표현할 힘을 얻을 수 있다고 판단했다.

화법과 작문 첫 시간에 말했다.
"너희들 수능 끝난 뒤 화법과 작문 교과서는 분리 배출장에다 버리지 마라. 화법과 작문 책만 잘 봐라, 그 안에 자기소개서 적는 법, 면접하는 방법 나온다. 교과서 다섯 번만 야무지게 읽어라. 그러면 논술문도 쓸 힘이 생길 거다. 대학 가서 실험하고 보고서도 쓰고, 혼인할 때 안내장도, 늙은 뒤 회고문 쓰는 힘도 생길 거다."
"예에~~~."
학생들이 수긍하듯 대답했다. 다음 의도를 재빨리 이어갔다.
"수행평가는 책 한 권 사서 읽고, 독서일지 열 편 쓰기로 하자."
"책까지 사란 말이에요?"
"난 다른 사람들 집에 가면, 책장에 책이 있는지 둘러본다. 책장에 책이 없으면, 그 집 집값이 비싸고 인테리어 장식이 좋아 보여도 꼭 영혼 없는 몸 같아 보인다."
"글쓰기는 손, 엉덩이, 허리 근육을 키워야 한다! 대학가려면 자기소개서 써야 하잖아? 글쓰기 근육이 없으면 곤란하다. 글 쓰다보면 자신을 객관적으로 바라보는 힘이 생긴다. 감추고 싶었던 또 다른 나를 지켜보는 힘이 나온다. '못난 구석이 있었구나' 하면서 못난 구석 채우기도 한단 말이다. 소박하게 살아도 풍요롭게 살고, 군림한다고 거들먹거리는 녀석들을 애처롭게 바라보는 힘도 생기고,"

학생들은 수능이 끝나면 문제집과 교과서를 버린다. 교과서 외 책은 사지 않는다. 글쓰기라면 몸서리친다. 첫 시간 처음 만난 학생들에게 교과서 버리지 마라, 책 사고 글 열 편 쓰는 수행평가를 하자고 했다. 그것도 "~하지 마라, ~해라." 하는 꼰대 용어까지 사용했다. 학생들은 거부반응을 보이지 않았다. 요즘 학생들은 상대의 의견에 타당성을 발견하면 수긍하고 태도가 변하는 면이 있다.
3월 둘째 주부터 학생들은 한 주에 한 번 책 읽고 글을 쓴다. 수업 들어가기 전부터 학생들은 책을 읽는다. 반장이 교탁에 올려둔 독서일지를 읽으며 채점하고 첨삭하고 돌려준다. 30분이 지나면 학생들은 읽은 내용을 바탕으로 자기만의 느낌과 생각을 20분 동안 공책에 적는다. 학생들은 5월 셋째 주까지 여덟 편의 독서일지를 적었다.

근육량이 늘면 힘들게 들었던 아령의 무게가 가볍게 느껴진다. 더 무거운 중량을 찾는다. 학생들 글쓰기 근육이 강해졌다. 세 번째 독서일지부터 글의 분량이 늘었다. 첨삭하고 채점하는 시간이 길어졌다.

숨은 글쓰기 근육짱들을 발견했다. 그들이 쓴 글은 간결하면서도 내용은 알차고 재미있어 술술 읽혔다. 숨은 글쓰기 근육짱들은 학교 글쓰기 대표로 대회에 나간 적도, 교내 글쓰기 경시대회에서 상을 받은 적도 없었다. 문제집 풀이 수업을 했더라면 숨은 글쓰기 근육짱들을 만나지 못했을 것이다.

(2019.6.15.)

18

공개수업

시가 나온 사연을 읽다보면 절로 코끝이 찡해지면서 눈물이 찔끔 흐르기도 했다. 저자는 시 쓰기 수업을 통해 학생들이 성장한 사연을 전하면서 책은 끝이 난다. 마지막 장을 덮고 가슴이 뭉클했다. 읽고 감동하면 뭘 하나 실천해야지, 하면서 공개수업은 시 쓰기 수업으로 꼭 하겠다고 다짐했다.

공개
수업

공개수업을 해야 했다. 공개수업 때는 교장, 교감, 동과목 교사, 타 과목 교사들이 참관한다. 부담을 느끼지 않을 수 없다. 평소엔 학생들에게 수업을 공개하고 평가 받는다면 그 자리는 동료들에게까지 평가 받는 자리라 그렇다.

초임 때는 한 달 정도 공개 수업 준비를했다. 경력이 쌓이면 부담이 줄어들 줄 알았다. 《논어》 〈자한편子罕篇〉에 나오는 후생가외後生可畏란 말, 뒤에 난 사람은 두려워할 만하다는 뜻으로, 후배는 나이가 젊고 의기가 장하므로 학문을 계속 쌓고 덕을 닦으면 그 진보는 선배를 능가하는 경지에 이를 것이라는 말이 떠올랐다. 후배 교사들의 역량과 가능성을 보면 뿌듯함과 두려움이 엇갈렸다.

겨울방학 때 공개수업 준비에 들어갔다.
주제는 "시 쓰기를 통해 자기의 생각과 감정을 정리하고 표현할 수 있다."로 정했다. 교과 진도를 고려해 6월 중순에 공개수업 할 것이라 공개수업 담당교사에게 말했다.
시 쓰기 수업을 한 교사들이 쓴 책을 다섯 권 구입해 읽었다. 그 중에 세 번 이상 읽은 책이 있다, 지금 여기 나를 쓰다(이상석 저, 양철북출판사)란 책이다. 저자가 35년 동안 교단에서 학생들에게 글쓰기 교육한 사연을 담았다.
책 구성은 학생들이 왜 시 쓰기를 해야 하는지 이유를 먼저 밝힌다. 다음은 그 이론을 바탕으로 학생들이 쓴 시를 보여주고 그 시가 나온 사연을 전한다. 시가 나온 사연을 읽다보면 절로 코끝이 찡해지면서 눈물이 찔끔 흐르기도 했다. 저자는 시 쓰기 수업을 통해 학생들이 성장한 사연을 전하면서 책은 끝이 난다. 마지막 장을 덮고 가슴이 뭉클했다. 읽고 감동하면 뭘 하나 실천해야지, 하면서 공개수업은 시 쓰기 수업으로 꼭 하겠다고 다짐했다.

5월 말 시 쓰기 수업을 하는 이유, 다른 학교 학생들 시, 우리학교 학생들 시를 소개한 학습 자료를 만들었다. 만들고 보니 A4 용지 열세 장이었다. 6월 초 수업에 들어갔다. 학습목표를 말했다.
"시를 쓴다고요오~~?"

그 한 마디에는 학생들의 시 쓰기에 대한 편견이 도사리고 있었다.

"시 써 본 적 있는 사람 손들어 봐라?"

서른 명 정도 되는 학생 가운데 대여섯 명이 손을 든다.

"놔나주는 프린트 보모 시를 쓸 수 있을 끼다."

그래도 학생들은 자신이 없는 눈빛으로 고개를 흔들기만 했다. 학생들이 시를 쓴다는 말에 부담을 느끼는 것을 알았다.

"그라지 말고 프린트 6쪽 함 펴 봐라. 다 같이 읽어보자."

학생들이 프린트를 뒤척이는 소리가 들렸다. 다 같이 읽기 시작했다.

담배

항상 같은 길을 가는 친구
나랑 제일 가까운 친구다.
슬프거나 힘들거나 화 나거나
나는 항상 너를 찾는다.

너에게 배신감을 느낀다.
담배야 이제 내 인생에서
사라져 줄래?

담배

호기심에 만난 담배
익숙해진 담배
습관처럼 찾는 담배
답답하고 스트레스가 찾아들 때
찾는 담배

담배를
꺼내 입에
하나 물어 불을 붙이고
인상을 찌푸리며
연기를 내뱉으며

담배 연기에 하는 말…

두 편의 시를 읽고 나자 시큰둥한 반응을 보이던 학생들이 "이 시 누가 썼는데요?"하고 호기심을 보였다. 그 시가 나온 사연을 전했다.
"시를 쓴 선배들 이름은 말할 수 없다. 말썽깨나 부렸지. 담배 소지하고 있다가 적발되고 학생부로 가게 됐거든, 그러니까 화가 나서 내가 있는

줄도 모르고 적발한 선생님 욕을 하고 있데, 그러다 나하고 눈이 마주쳤단 말이야. 어쩌겠노. 나도 덩달아 화 낼 수도 없고, 그때 벌로 시를 한 번 쓰라고 했더니, 한 시간 만에 써 왔더라. 내가 약간 손 봤고. 공부하고 엄청 안 친한 선배들이 시를 썼단 말이다. 너뜰도 시 써것제?"

학생들은 공부하고 전혀 친하지 않는 선배들이 시를 썼다는 말에 자신감을 얻은 듯 연필을 쥐고 시를 쓰기 시작했다. 20분 정도 지나자 체육과에 진학하길 희망하는 학생이 "선생님 시 다 썼는데요."하면서 손을 들었다. "그래, 쓸 수 있다고 안 했더나. 가져와 봐라. 친구들 앞에서 함 읽어봐라."

철

중학교 때 말썽깨나 부렸다.
어머니 마음에 못을 박는
철없는 짓을 했다.

다행히 일찍 그것도
많이 맞아
정신 차렸다.

요즘 동생이 꼽다.

밤늦게 집에 들어오고

어머니에게 대들고

돈도 막쓰고…

처음으로

동생을 전나 패고 싶다.

그러면

철이

들란지…

시를 다 읽고 나자 급우들이 "와~"하면서 엄지를 비스듬히 치켜들고 격려했다. 학생들은 시를 통해 동생한테 마음을 열어준 친구를 다시 본 것이다. 자신의 삶을 당당히 드러낸 친구를 응원한 것이다.
사춘기를 보내는 동생의 철없는 행동을 멈추길 바라는 마음을 담은 시였다. 자신이 철없던 시절 방황을 일찍 끝낸 경험을 떠올렸다. 맞아서 철이 든 것을 기억했다. 동생의 철없는 행동에 속을 태우는 어머니 보기도 안쓰럽다. 동생을 때린 적은 없었다. 그런데도 때려볼까 고민한다. 동생도 맞으면 자신처럼 방황을 끝낼까, 하고. 동생을 사랑하고 어머니를 위하는 학생의 마음이 따뜻하기만 하다.

다음은 공개수업을 끝낼 때 한 말이다.
"방탄소년단만 노래를 부릅니까? 여러분도 동네 노래연습장을 찾아 노래를 부릅니다. 친구의 노래를 들으며 박수도 칩니다. 친구가 방탄소년단의 노래를 부르며 감정을 정리하고 표현하는 모습에 찬사를 보내는 것입니다. 손흥민 선수만 축구장을 누비는 것은 아니잖습니까? 여러분도 초산축구 구장을 찾아 축구화 끈 동여매고 골대를 향해 내달려 슈팅 때리잖습니까? 날아간 공이 그물을 출렁이면 양 팔을 치켜들고 운동장을 달리잖습니까?
시인만 시를 써야 합니까? 가수가 되기 위해 축구 선수가 되기 위해 노래하고 축구하는 것은 아닙니다. 노래 부르면서 감정을 다스리고, 축구하면서 몸을 다스리는 것입니다. 시 쓰면서 여러분의 생각과 감정을 가꾸기 바랍니다. 노래연습장에서 노래하고 초산구장에서 축구하는 열정만 있으면 여러분의 생각과 감정을 붙든 시를 쓸 수 있을 것입니다.
시를 쓰면 여러분은 세상의 터무니없는 잣대에서 벗어나 여유 있는 삶을 사는 힘이 생길 것입니다. 졸업 후 시를 쓰고 모여앉아 여러분이 쓴 시를 두고 합평하면서 유유자적하는 멋도 만들어가면 좋겠습니다."

(2019.7.2.)

19

현직 교사의 좌충우돌 교실 이야기 **울지 않는 아이**

그 누군가

2층 3학년실로 오는 동안 누구나 꺼리는 '그 누군가'를 왜 한다고 했지? 뭔가 씌었던 것만 같았다. 교직 사회에서 누군가가 되는 것을 꺼리는 경향이 없지 않아 있는데 말이다.

그
누군가

지난겨울 방학 무렵 오후였다. 동료가 교장실에서 호출 전화가 왔다고 알렸다. 교장실로 오라는 말만 들으면 '무슨 일이지?' 하며 절로 불안해진다. 더구나 요즘학교는 교장실로 수시로 민원전화가 날아든다. 교장은 민원을 해결해야 한다. 그러자면 민원 전화 당사자를 불러야 한다. 그 당사자가 된 것일까? 마음 한 구석으로 묵직한 쇠공이 날아든 것 같았다.
2층 3학년실에서 1층 교장실로 향했다. 교장실까지 칠십 걸음이면 닿는 거리다. 냉기가 쌓인 복도를 몸을 움츠리며 걸었다. 발에 돌절구라도 매단 것처럼 발걸음은 무겁고 느렸다.
'무슨 일로 교장이 호출하지?'

민원 당사자가 될 만한 일은 없었는지 그날 점심시간부터 더듬어 나갔다. 식수대 근처에 여학생들이 몰려 있을 땐 몸이 부딪치지 않도록 권투 선수처럼 양팔을 얼굴로 모으고 다시 어깨 위까지 올리고 걸었다. 오전 수업 시간에 무한정 심기를 건드리는 학생에게 한없는 인내력으로 대응했다. 민원 당사자로 몰릴 일이 없었다.

그 전날 일을 되새겼다. 청소 시간에는 화장실 간다는 핑계 대고 청소에 불참한 학생들을 보고도 못 본 척 했다. 점심시간에는 복도 벤치에 앉아 볼에 볼을 대고 애정 표현에 몰입한 남녀 학생들을 방해하지 않았다. 그 전날에도 민원의 당사자가 될 만한 일은 없었다.

그러면 기억하지 못하는 일이 있을 수도 있다. 수업 시간에 무심코 한 말이 학생의 심기를 건드렸을 것이다. 조회나 종례 시간에 한 농담에 불편을 호소하는 학생이 생겼을지도 모를 일이었다.

교장실 앞에 닿았다. 칠천 걸음을 걸은 것 같았다. 출입문은 단호해 보였다. 숨을 깊이 들여 마셨다. 문을 두드렸다.

"들어오세요."

교장실에 머리를 들이밀며 교장 얼굴부터 살폈다. 교장이 웃으며 맞이하는 것이 아닌가. 그렇다면 민원 당사자는 아니란 말인데…. 그렇다고 안심할 수 없는 노릇이었다. 자리에 앉지 않고 서 있었다.

"여기로 앉으세요."

"무슨 일이신지……?"

"무슨 일이긴요. 2019. 교육정책사업 학교자율선택 항목 사업서가 있어요?"

교장이 생소한 용어를 말했다. 어리둥절한 표정을 지었다. 그러자 교장이 관련 공문을 탁자 위에 펼쳤다. 공문을 집어 들고 읽어나갔다. 사업 항목을 보니 삶을 가꾸는 독서와 토론, 글쓰기가 나왔다. 세부 사업에 학생 인문 글쓰기란 항목이 눈에 들어왔다. 공문을 읽고 나자 대충 상황을 알 수 있었다.

'도교육청에서 사업비가 내려왔고, 누군가 그 업무를 맡아야 한다. 교장은 내가 그 누군가가 돼 주면 좋겠다는 말을 하려고 부른 것이구먼.'

교장의 표정을 살폈다. 그 누군가를 찾느라 고심한 것 같았다.

"제가 하겠습니다."

교장은 나의 대답을 듣자 얼굴이 밝아졌다.

교장실을 나왔다.

2층 3학년실로 오는 동안 누구나 꺼리는 '그 누군가' 를 왜 한다고 했지? 뭔가 씌었던 것만 같았다. 교직 사회에서 누군가가 되는 것을 꺼리는 경향이 없지 않아 있는데 말이다. 그 누군가가 된 교사에게 특별수당이 나오는 것도 아니다. 법적으로 정해진 업무 외에 덤으로 하는 업무라 그렇다. 별도의 시간을 내야 한다. 그 누군가가 되기를 꺼렸던 동료들이 도움을 주는 것도 아니다. 예산을 집행하다 보면 학교 관리자들과 갈등이 생길 수도 있다. 학생들과 함께 진행해야 한다. 사정을 안다고 학생들이 호응하는 것도 아니다. 학생들이 그런 반응을 보이는 것은 당연한 일인데 그 누군가가 된 교사는 마음 상하기 마련이다. 혼자만 마음이 급해지곤 한다. 상급 기관에서 예산을 받았으니 어쨌든 결과물은 만들어 내야 하니까 그렇다. 결과물이 나올 때까지 부담감에 짓눌린다. 그런 사정을 알면서도 그 누군가를 자처했다니 스스로 비웃지 않을 수 없었다.

3학년실 출입문을 열었다.

천장 냉온풍기에서 내려오는 열기를 맞으니 긴장했던 몸이 풀렸다. 그러자 그 누군가가 된 이유를 알 수 있었다. 민원 당사자가 되지 않은 사실에 안도한 나머지 그 누군가를 벌컥 삼켰다.

상급기관에서 내려온 사업은 쓸모가 없기만 할까?

학생들에게 필요한 일이다. 학생들이 정규 교육과정에서 배우는 교과 중 국어를 예로 들겠다. 정규 국어 수업은 학생과 교사가 함께 교과서에 나온 논설문, 설명문, 시, 소설, 희곡, 수필 들을 읽는 시간이다. 교사는 학생들에게 그런 글을 잘 읽는 방법을 가르친다. 학생들에게 작가들이 쓴 글을 맛보는 방법을 가르친다고도 볼 수 있다. 체육 수업 시간에 축구를 배웠다고 축구 기술에 익숙해지는 것은 아니듯 국어 시간에 시 한편 감상했다고 시를 잘 쓸 수 없는 노릇이다. 소설 한 편 읽었다고 소설을 쓸 수 없다. 정규 국어수업만으로는 학생들이 시와 소설을 맛보는 단계를 넘어설 수 없다.
그런데 상급 기관에서 내려오는 업무는 정규 국어수업과는 다른 면이 있다. 학생들을 맛보는 대상에서 맛을 창조하는 주체로 성장시킬 수 있는 매력이 있다. 글쓰기도 연습 시간을 확보해야 한다. 진도를 머리에 이고 있는 정규 수업 시간에는 엄두를 낼 수 없는 일이다. 글쓰기 연습도 처음엔 혼자 하기 어렵다. 동아리를 만들어 체계적으로 훈련하면 효율적이다. 부원들과 함께 기운을 모으면 포기하려는 마음도 줄어든다. 나를 이기는 힘도 얻을 수 있다. 자의든 혹은 그 누군가가 된 동아리 지도교사라도 있으면 금상첨화다. 지금은 유명 작가가 된 사람들도 기억할지 모르겠지만 그런 과정을 거쳤을 것이다.

그 누군가가 된 뒤 3월은 오고야 말았다.
학생 인문 글쓰기 동아리부터 만들어야 했다. 부원 모집 홍보물부터 만들어 붙였다. 부처님 가피 덕분인지 열세 명이 지원했다. 지원한 학생들은 글쓰기를 좋아하고 글 쓰는 일을 하고 싶다고 했다.
그런 학생들도 "고전을 읽고 최소 A4 용지 다섯 장이 넘는 긴 서평을 쓰자." 하니 "우리가 어떻게 긴 글을 쓸 수 있겠어요." 하고 볼멘소리를 했다. 3월, 4월 책을 읽게 하고 5월부터 서평을 쓰라고 했다. 7월 중순까지 다섯 번 이상 고쳐 쓰게 했다. 학생들은 힘들어 하면서도 잘 따라왔다. 두 명이 포기했다. 열한 명이 긴 서평을 써냈다.

여름 방학하는 날 출판사로 원고를 보냈다. 책 제목은 "세상으로 딛는 나의 첫발자국"이다. 작가를 꿈꾸는 학생들이 세상을 향해 디딘 첫걸음이 모인 것이라 그렇게 지었다.
8월 16일 개학날 책이 나온다.

(2019.7.30.)

20

아날로그의 퇴장

비 개인 하늘에 창백한 달이 떠서 더 쓸쓸해 보였다. 분명한 것은 있다. 학교 안에서 다시는 "내 어릴 적 꿈이 교사였다. 내는 마, 내 꿈을 이루고 사는 기라, 그 이상 뭐가 있노?" 하는 말은 듣지 못한다는 것은 분명하다.

아날로그의 퇴장

선배교사가 교사로 교단을 떠나는 날이었다. 조회시간에 방송으로 학생들에게 퇴직 인사말을 한다는 말을 들었다. 그것을 알았는데 늦잠을 자버렸다. 마지막 인사말을 들어야 하는데 하면서 현관을 나섰다. 굵은 비가 내렸다. 인사말은 듣고 싶었다. 고속도로로 차를 돌렸다. 남양산 톨게이트를 통과하자마자 차들이 꼬리를 문체 비에 젖고 있었다. 레커차 사이렌 소리가 빗속을 갈랐다. 사고를 수습하는데 최소 30분은 걸렸다. 인사말을 들을 수 없다니 마음이 급해졌다. 남양산 진입로에서 양산 진입로까지 오는 데만 15분이 걸렸다.
선배교사 모습이 떠올랐다. 선배교사는 예사교사가 아니었다. "일본을 잘 알아야 우리가 다시 안 당하는 기라." 하면서 작년까지 겨울방학이면 손수 여행 계획을 잡아 학생들을 인솔해 4박 5일 정도 일본으로 떠났다. 학교 축제 때면 일본대사관 협조를 얻어 일본 체험관을 마련해 요리사 복장을 갖춰 입고 초밥을 만들었다. 밀가루 반죽 안에 잘게 자른 문어와 파 등을 넣고 전용 틀에서 한입 크기의 공 모양으로 타코야키를 구웠다. 타코야키 전용 소스와 마요네즈를 바르고 학생들에게 팔았다.
축제가 끝나는 날이면 주점에 앉아 "내 어릴 적 꿈이 교사였다. 내는 마, 내 꿈을 이루고 사는 기라, 그 이상 뭐가 있노?" 하고는 맥주잔에 물반 소주반을 채우고 쭉 들이켰다.
그런 모습을 다시 볼 수 없다. 학생들 앞에서 선배교사가 하는 말을 듣고 싶은데 '사정이 그런 것을' 하며 단념했다. 지각한다고 학교로 전화를 하려는데 앞 차들이 속력을 높이기 시작했다. 사고가 심하게 나지 않았고 사고수습이 신속했던 모양이었다. 길이 뚫리자 금방 학교 앞에 닿았다. 선배의 마지막 인사를 들을 수 있다고 생각하며 교무실에 들어갔다. 전날 온 긴급 공문이 있다고 했다. 자리에 앉자마자 컴퓨터를 켜고 공문을 작성부터 해야 했다. 통계자료라 작년, 재작년 자료까지 찾느라 시간이 걸리는 일이었다. 공문 작성이 끝날 무렵 교실 스피커에서 울리는 낮으면서도 굵은 선배의 음성이 들렸다. 결재를 올리고 교실로 올라가려고 할 때 학생들이 박수치는 소리가 들렸다.

그날은 1학기 종업식날이기도 했다. 종업식은 열두 시에 끝났다. 작년까지 1학기 종업식날 학교 친목회에서 주관해 1박 2일로 국내여행을 떠났다. 올해는 가지 않았다. 예산 문제, 참여자 수 감소, 개인 연수, 개인 출장, 개인 해외 여행 준비 등의 이유로 그렇게 됐다고 친목회장이 말했다. 종업식을 끝내고 여행을 가던 일은 교직 생활의 전설로 남을 것 같다.

친목회에서 학교 근처 식당에 자리를 마련했다. 선배교사 정년퇴직을 축하하는 자리를 겸했다. 학생들을 보내고 그리 향했다. 자리에 앉자마자 소주를 한잔했다. 안주로 오이를 된장에 찍어 씹었다. 두 잔째 소주를 마실 때쯤 다른 교사들이 모여 들었다. 그들은 오자마자 불판에 돼지고기를 올리고 굽기 시작했다. 교사들이 개인당 1인분 이상의 고기를 먹었을 때쯤 친목회장이 교사들을 주목하게 했다. 선배교사에게 친목회에서 제공하는 기념품을 전달했다. 꽃다발은 없었다. 선배교사는 애주가였다. 꽃다발 대신 그 값으로 살 수 있는 포도주를 달라고 했다. 친목회장이 선배교사에게 한마디 하라고 했다. 선배교사의 말은 쏟아지는 빗소리에, 불판 위 돼지고기 타들어가는 소리에 파묻히고 말았다.

선배교사 테이블 주위로 애주가들이 모여 들었다. 나도 그 자리에 합석했다. 선배교사는 포도주를 나에게 건넸다. 코르크 마개를 열라는 뜻이었다. 마개를 열고 병을 건네니 선배교사는 테이블을 돌면서 교사들에게 포도주를 권했다. 차를 가져왔다느니, 남은 업무를 하기 위해 학교로 다시 들어가야 한다며 사양했다. 포도주는 내가 앉은 테이블에 모인 교사들 차지가 되었다. 40분이 지나자 식당 안이 파장처럼 썰렁해졌다. 선배교사 테이블에 모인 교사들만 남았다. 일곱 명이었다.
그때부터 정식 정년퇴직 파티를 시작했다. 시간은 오후 한 시였다. 밖에는 여전히 빗방울이 굵었다. 선배교사가 앞장서 걸었다. 함께 지낸 시간이 20년이 넘었다. 단골 술집으로 향한다는 것쯤이야 알고도 남았다. 몸이 불편한 주모가 탁자 하나를 들여놓고 술을 팔았다. 의자는 형태가 같은 것이 없었다. 주모는 손님이 전화를 하면 장을 봐서 술상을 차렸다. 찾는 사람이 많지 않은 것을 알고 선배는 그 집으로 우리들을 데려 가곤 했다.
원형 탁자에는 탁주가 대열을 지어 우리들을 기다리고 있었다. 주모가 빈대떡 굽는 냄새가 향수를 자극했다. 인정人情 많았던 선배교사를 위한 맞춤안주였다. 좁은 술집 안은 일곱 명이 들어가자 꽉 차버렸다. 잠시 뒤 퇴직한 교사 세 명이 합류했다. 좁은 술집에 성인 남자 열 명이 모였다.
공교롭게도 다 문과 출신 교사들이었다. 시를 쓰고 문학회 편집 주간을 역임한 국어 교사, 독도법을 익히고 전국 산하를 누빈 사회교사, 영어를 가르치고 농사지으며 자연을 공부하는 교사, 서양화를 전공하고 도자기 빚는 수업을 듣는 퇴직교사, 시를 쓰고 도자기를 빚는 퇴직 교사, 영어를 전공하고 사진작가가 된 퇴직교사, 컴퓨터로 졸업장을 출력하기 전 졸업식이 다가오면 일주일 전부터 먹을 갈아 붓으로 졸업장을 썼다는 퇴직 국어교사까지 모였다.

교단에 첫발을 디뎠을 때 그 자리에 모인 교사들은 30대 후반 40대 초반으로 학교 일을 주도하면서 역량을 뽐냈다. 그때만 해도 교사들 업무가 컴퓨터로 하는 것보다 사람 손과 몸으로 하는 일이 많았다. 그러니 만날 일이 많았다. 신학기 업무로 부담감이 최고조에 이를 때 "작천정에 벚꽃 피었다는데."하면 작천정으로 내달려가 탁주잔에 벚꽃잎 띄우고 마시기도 했다. 여름방학이면 내원사에서 환경소년단 캠프가 열리면 마음 낸 교사들이 모여 학생들과 족구하다 땀나면 내원사 계곡에 몸을 담그곤 했다. 가을이면 전교생을 인솔해 영축산 품에 안겨 단풍을 바라보며 정상으로 향했다. 영축산에 눈이라도 내리면 "눈 보러 가자!"하고 누군가 운을 띄우면 최소 서너 명은 호응했다. 등산복이 있을 리 없었다. 학생들 체육복 빌려 입고 오르기도 했다. 그러면서 직장 동료들끼리 만나고 이야기하고 술잔을 기울였다. 때로 의견이 갈려 언성을 높이다 안 볼 것처럼 토라졌다가도 다시 만나 이야기하고 화해하고 정을 쌓았다.

2000년대 후반을 넘어가면서 학교 업무는 컴퓨터로 처리해야 했다. 초임부터 지금까지 교원 업무를 경감해 준다는 정부시책을 들어왔다. 그때나 지금이나 피부로 느끼는 것은 똑같다. 업무는 정부시책대로 줄었다고 치자. 모든 업무는 컴퓨터로 처리한다. 그 업무를 처리하자면 컴퓨터 프로그램을 설치하고 그것을 다루는 설명서를 읽어야 한다. 그 프로그램에 익숙해지려고 하면 다른 프로그램으로 바뀐다. 그러면 또 프로그램을 설치하고 설명서를 읽고 이해하고 익숙해지려고 하면 또 바뀐다. 그것이 정보화 물결일까? 이과 출신 교사들은 정보화 물결이 사나워져도 여유 있게 헤엄치는 편이다. 선배교사 퇴직날 모인 문과 출신 교사들은 정보화 물결 속에 빠져 허우적거리며 물깨나 먹었다.

그날 우리 열 명은 정확하게 열두 시간 정년퇴직 파티를 벌이고 선배교사 집 앞에서 헤어졌다. 선배교사 뒷모습을 바라보았다.
비 개인 하늘에 창백한 달이 떠서 더 쓸쓸해 보였다. 분명한 것은 있다. 학교 안에서 다시는 "내 어릴 적 꿈이 교사였다. 내는 마, 내 꿈을 이루고 사는 기라, 그 이상 뭐가 있노?" 하는 말은 듣지 못한다는 것은 분명하다.

(2019.8.10.)

21
현직 교사의 좌충우돌 교실 이야기 울지 않는 아이

비로소 보이는 것이 있을까?

누군가는 멈추면 비로소 보이는 것들이 있다고 했다. 그 말에 회의감이 드는 것이 사실이다. 요즘 교육현장에선 그 말이 통하지 않을 것 같다.

비로소
보이는 것이 있을까?

개학날이었다. 여름방학은 끝났지만 더위는 끝나지 않았다. 학생들이 오기 전에 교실을 둘러보러 갔다. 아침인데 교실은 불가마 안처럼 뜨거웠다. 열어 둔 창문 안으로 말매미 울음소리까지 싸~ 하고 쏟아져 들어왔다. 방학 동안 교실 바닥 얼룩 제거하고 왁스칠 하느라 교실은 어수선했다. 책상이 어지럽게 놓여 있었다. 사물함 문까지 열려 있어 속에 들어 있던 폐지와 옷가지마저 교실 바닥을 굴러 다녔다. 보고 있을 수 없었다. 일찍 등교한 학생들과 정리했다. 책상을 한 개 옮기고 나자 이마에 땀이 쏟아졌다.

사물함에서 쏟아진 옷가지에서 악취가 풍겼다. 당장 쓰레기통으로 넣어도 상관없을 것 같았다. 옷가지를 펼쳐 보았다. 텔레비전에서 광고하는 고가의 점퍼와 체육복 바지, 청바지가 뭉쳐져 있었다. 옷의 주인은 창구(가명)였다. 그것들을 사기 위해 아르바이트를 했다. 그런 형편이니 의사를 묻지 않고 버린다면 문제가 일어난다. 다시 그것들을 사물함 안으로 집어넣었다. 창구가 등교하면 어떻게 처리할지 물어봐야 했다.

그새 조회시간이 다가왔다. 출석을 부르는 동안에도 창구는 등교하지 않았다. 창구는 교칙이 우스웠다. 손바닥을 폈다 오므리는 일쯤으로 봤다. 출석은 본인이 결정했다. 수업이 끝날 때 학교에 잠시 나타나거나 점심시간에 나타나 밥만 먹고 사라졌다. 그러면서 부득이한 일이 아니면 졸업장은 꼭 받겠다고 결석은 좀처럼 안 했다. 졸업하기 위한 법정 출석 일수를 계산하고 다녔다. 교복은 입지 않았다. 교복을 입고 등교한 것은 세 번 정도였다. 그 세 번은 학교 밖에서 일으킨 사건으로 사법 기관에 갈 때였다.

1교시는 수업이 없어 방학 중 밀린 공문을 처리했다. 학년실 문을 두드리는 소리가 들렸다. 긴소매에 반바지 입고 슬리퍼를 신고 창 모자를 쓴 창구였다. 건들거리면서 교무실로 들어섰다. 1학기 동안 교복 입고, 슬리퍼 신고 등하교 하지 말라고 일렀지만 변하지 않았다. 흔한 안부 인사조차 하지 않았다.

"지금 왔는데요."

"불볕더위에 학교까지 다 나오고, 대단타."

"2학기 때는 정신 차리고 대학 갈라고요"

"그거는 내가 안 물어 봤다이."

"앵?"

"니, 사물함에 옷 있더라, 기분 같아서는 바로 마 쓰레기통에 던지삐리면 조커더만, 하이고, 참."

"2학기엔 정신 차리고 대학 갈라고요"

"내가 선생 생활 몇 년짼데, 니 말 믿것나. 그라고 보이 다음 시간 내 시간이네. 그때 니 교실에 잇을랑가 모리것따. 일단 교실로 올라 가라이."

2교시는 담임을 맡고 있는 반 수업이었다. 교실로 올라갔다. 그러면 그렇지. 창구는 교실에 없었다. 1교시 쉬는 시간에 사라졌다고 학생들이 말했다. 창구가 중3부터 3년째 반복하던 일이었다. 창구가 사라진 것을 보자 생각이 많아졌다.

'악취 나는 옷가지를 비닐봉지에 넣어 가져다 보관한다. 창구가 나타나면 처리한다. 아니지, 아니지. 그럴 수 없다. 오기가 일었다. 무슨 수가 있어도 제 손으로 옷가지를 처리하게 해야지. 암 그렇게 해야지.'

길었던 개학날도 끝이 보였다. 청소시간이 다가왔다. 교실 출입문을 열고 들어갔더니 뜻밖에 창구가 교실에 있었다. 그러면 뭘 하겠는가. 창구는 청소 시간까지 학교에 남아 있을 때 하던 행동을 그대로 했다. 담임이 출입문으로 들어가자 그는 교실 뒷문을 열고 나갔다. 불러도 못들은 척하고 나갔다. 상황이 상황인지라 뒤따라 나가 불렀다. 자기가 한 행동을 끝까지 책임 묻고 싶었다.
교실로 데리고 왔다. 사물함을 열라고 했다. 인상을 구기고 손잡이를 잡더니 다른 사물함 문에 쾅 부딪치게 열었다. 옷을 집으로 가져갈 것이냐 물었더니 고개를 좌우로 흔들었다. 버릴 것인지 물었다. 고개를 끄덕였다. 옷가지를 품에 안더니 발로 사물함 문을 차서 닫았다. 쓰레기통까지 터벅터벅 걸어오더니 옷가지를 툭 던졌다. 옷가지가 다 들어가지 않자 발로 밟고 불만 가득한 표정을 지었다.
사물함에 있는 폐지도 마저 버리라고 했다. 사물함 문을 역시 쾅 소리가 날 때까지 열고 폐지를 주워들더니 발로 문을 밀고 쾅 닫았다. 손에 든 폐지를 교실 바닥에 줄줄 흘리면서 휴지통까지 와서 툭 던졌다. 통으로 들어가지 못한 휴지가 교실 바닥으로 흩어졌다. 옆에 보고 있던 학생들이 그 휴지를 주으려고 했다. 창구는 자기 역할을 포기하면 주변 친구들이 대신해 주는 것을 알았다. 늘 하던 대로 가만히 있었다. 교실 바닥에 흩어진 종이를 줍던 학생들을 제지했다. 창구더러 휴지를 처리하라고 했다. 창구가 제 손으로 마무리하는 것을 가르쳐주고 싶었다. 창구는 표정이 일그러졌다. 최대한 몸을 느리게 움직이며 버텼다.
"다른 학생들 가만히 있어. 창구가 처리해."
반항하는 창구에게 시선을 주지 않은 채 교실 바닥으로 쫙 깔리는 낮은 소리를 냈다.
10분 남짓 걸리는 청소시간 동안 창구가 반항하며 자신의 옷가지를 처리하는 모습을 바라봤다. 한 학기 동안 창구가 일으킨 사건들을 처리하면서 생겼던 연민, 안타까움, 동정, 분노, 좌절, 허탈, 실망, 배신, 무력감들 같은 부정적인 감정만 머릿속을 꽉 채웠다.

누군가는 멈추면 비로소 보이는 것들이 있다고 했다. 그 말에 회의감이 드는 것이 사실이다. 요즘 교육현장에선 그 말이 통하지 않을 것 같다. 창구를 마주하다보면 회의감만 머릿속을 가득 채운다. 그래도 멈추어 본다. 보이는 것이 있긴 있다. 교육현장을 수시로 노리는 민원이 보인다. 제도가 사람들을 몰아가는 것이 보인다. 교권이란 단어가 사전 한 귀퉁이에 떨고 있는 것이 보인다.

또 보이는 것이 있다. 창구가 고가의 옷을 사기 위해 아르바이트 사장에게 굽신거렸던 뒷모습이 보인다. 일터에 찾아온 고객들에게 웃음 짓던 앞모습이 보인다. 같이 어울리는 선배들 힘을 무서워하고, 동급생들이나 후배들 앞에서 눈을 부라리는 모습이 보인다. 또 멈추어 본다. 그런데 창구를 다룰 방법은 통 보이지 않는다.

(2019.9.30.)

22

35분=1억+α

35분 동안 불어온 태풍은 순간풍속이 셌다. 35분 동안 덮친 해일은 모든 것을 삼킬 정도였다. 동료교사와 교감 선생님, 학교장의 도움으로 1억을 벌었다. 무엇과도 바꿀 수 없는 +α, 과거의 나와 미래의 나를 지킬 수 있었다.

35분 = 1억 + α

교사라 하면 사정을 알 것 같은 친구들조차 철밥통이라 좋겠다고 말한다. 그럴 때면 파도도 바람도 범할 수 없는 철밥통이면 얼마나 좋겠냐고 장단을 맞추었다. 9월16일 추석 연휴가 끝난 날 일기예보에 없었던 태풍과 해일을 만났다.

8월 중순 개학한 뒤 매일 밤 교무실에서 학생들과 진학 상담을 했다. 9월 6일부터 11일까지는 4년제 대학 수시 원서를 작성했다. 집에 가면 저녁 열 시를 넘기기 일쑤였으니 저녁이 있는 삶과 거리가 멀었다. 16일부터 27일까지 전문대 입시 기간은 이 주 동안 진행되므로 여유가 있었다. 개학 뒤 한 달 만에 석양을 보며 여유 있게 퇴근해 저녁이 있는 삶을 누리리라. 가벼운 마음으로 계단을 사뿐히 즈려밟고 교무실로 내려갔다. 기

댄 채 애타는 표정을 한 여학생이 가로막고 나왔다.
"영숙(가명)이 추천서가 도착하지 않았다고 하는데요."
영숙이 대신 담임 선생님이 다급하게 말했다. 담임의 말이 끝나자 영숙이는 기다렸다는 듯이 스마트폰으로 날아든 문자를 눈앞으로 내밀었다.

이영숙 학생의 학교장 추천서가 도착하지 않았습니다. 16일 18시까지 학교장 추천서를 업로드해 주십시오.

일행과 담소를 나누며 산길을 걸어가는데 땅벌이 날아와 뒷덜미에 침을 쏜 것 같았다.
'그럴 리가 없는데? 9월초 학교장 추천전형으로 신입생을 모집하는 서울지방 대학 입학처에 일일이 전화를 돌렸는데, 담당자한테 추천방법 확인하고 대상자 추천을 끝냈는데, 이기 무슨 날벼락이고?'
긴장했는지 이마에 땀이 맺히고 눈가로 흘러내렸다. 굵은 땀이 등줄기를 타고 흘러내렸다. 상황이 그런데 당연히 저녁 있는 삶을 접어야 했다. 9월 초로 기억을 거슬러 올라갔다. 서울대, 고려대, 이화여대, 동국대에서는 학교로 공문을 보내 학교장 추천 전형대상자를 추천하는 방법을 알려주었다. 이런 상황이 되려고 그랬는지 영숙이가 지원한 대학교에서는 일선 학교로 공문을 보내지 않았다. 그래서 그 대학 입학처에 연락해 추천방법을 물어봐야 했다. 그 대학 입학처 관계자는 입학처 홈페이지에 학교장 추천대상 학생의 이름을 입력하면 된다고 했다. 그 직원의 말을 듣고 그 대학 홈페이지에 접속하니 추천 학생 이름을 입력하는 난이 있었다. 직원이 시키는 대로 이영숙 인적사항을 입력했다. 그것으로 영숙이 학교장 추천 업무는 끝냈다고 안심했다. '이제와 학교장 추천서를 업로드해 달라니, 무슨 이런 경우가 다 있어' 하고 투덜댔다.

18시까지라 시계를 보니 17시 10분이었다. 18시까지 남은 시간은 50분이었다. 그 시간 안에 학교장 추천서를 업로드하지 못하면 모든 책임을 져야 한다. 시간은 사정을 고려하지 않는다. 규정도 그렇다. 입학처로 전화했을 때 사정을 자세히 알려주지 않았다고 항의하고 불평할 시간은 없었다.

영숙이가 지원한 서울지방 대학교 입학처 홈페이지에 접속한 다음 입학처로 전화했다. 입학처 직원은 설명을 듣더니 추천자 명단 입력난 아래에 보면 학교장이 결재한 서류를 스캔하여 첨부하는 난이 있다고 했다. 입학처 직원의 설명을 듣고 살펴보니 학교장이 결재한 서류를 스캔하여 입력하는 난이 혀를 내밀며 놀리듯이 나타났다.

서울지방 대학교 입학처 직원과 통화한 뒤 일의 순서를 돌아봤다. 우선 학교장한테 영숙이 추천서를 결재받는다. 다음 결재한 서류를 스캔해야 한다. 마지막으로 스캔한 파일을 대학교 입학처에 업로드하면 끝난다. 세 단계 일처리가 일과 중이면 간단하다면 간단하게 끝날 일이다. 그런데 퇴근 시간이 지나버렸다. 학교장이 퇴근해버렸으면 큰일이다.

첫 단계 일부터 착수할 수 없다. 학교장은 부산에서 버스로 통근한다. 학교장이 퇴근했다면 고속버스를 달리는 버스 안에 있을 시간이었다. '휴대전화로 연락이 닿더라도 버스를 어디서 되돌릴 것인가' 하면서 교감 선생한테 전화부터 했다. 제 불찰로 문제가 생겼습니다. 미안합니다, 하는 말부터 하면서 사정을 알렸다. 그러면서 학교장이 퇴근했는지 물었다. 학교장이 아직 퇴근하지 않았다 했다. 교장실로 전화해 다급한 사정을 전했다.

다음 단계 학교장 결재가 난 서류를 스캔하려면 여럿의 손과 발이 필요했다. 교무실을 돌아봤다. 3학년 담임들은 급식소로 가버렸다. 급식소에서 막 배식을 받아 식사할 시간이었다. 스마트폰으로 담임교사 번호를 검색한 뒤 송신 버튼을 눌렀다. 뚜뚜 신호가 가더니 잠시 뒤 "부으으으~부으으으~"하는 소리가 들렸다. 그 번호의 주인공은 책상 위에 스마트폰을 두고 갔다. 다른 교사의 번호를 검색하고 버튼을 눌렀다.

"급한 일이 생기십니더. 옆에 3학년 담임들 있시모 다 교무실로 오라 쿠이소."

3학년 담임교사들을 기다리면서 학교전자문서 프로그램에 접속했다. 이화여자대학교 학교장 추천전형 대상자로 영숙이를 추천했던 공문부터 검색했다. 해당 공문이 화면에 나타나는데, 짝사랑하는 여인한테 연애편지 100통을 보내고 처음 받은 답장처럼 보였다. 그 공문을 활용해 영숙이 인적사항 기록 시간을 절약할 수 있었다. 공문 작성을 끝내고 결재올림 버튼을 눌렀다. 17시 30분.

'학교장 결재만 떨어지면 공문을 출력하고 스캔만 하면 숨 막힌 순간도 끝난다.'

이마에 맺힌 땀줄기를 훔치며 한숨을 길게 내쉬었다.

첫 단계 일을 끝냈다. 다음으로 학교장 결재가 떨어진 서류를 스캔할 곳을 찾아야 했다. 3학년 교무실에 스캔 가능한 프린트기가 있었다면 얼마나 좋았을까. 학교 안에 스캔 가능한 프린트가 있는 곳을 돌아봐야 했다. 중앙교무실 프린트기는 스캔 기능이 되는데 얼마 전에 고장이 났는데 수리를 했는지 모를 일이었다. 행정실 최신식 프린트기는 스캔해 메신저 쪽지로 보내면 끝인데, 행정실 직원들은 퇴근해 버렸고. 2학년 교무실 프린트기도 스캔 기능이 있긴 있는데 2학년 담임들이 퇴근해 버렸으면 어떡하나?

고민하고 있는데 교무실 문이 열렸다. 석식을 먹다 말고 3학년 담임 셋이 놀란 표정으로 들어왔다. 응원군을 보니 힘이 났다. 담임들이 무슨 일인데 하며 말을 걸 때, 전화벨이 울렸다.

"김 부장, 결재가 안 올라왔는데…."

교감 선생님이 다급한 목소리로 말했다.

'바쁠수록 돌아가라는 말이 있는데…. 결재가 올라가지 않았다니?'

교감 선생님의 전화를 끊고 전자결재 프로그램에 접속해 문서진행 상황을 살폈지만 방금 기안해서 결재 올린 공문이 보이지 않았다. 급한 나머지 결재 경로를 제대로 입력하지 않고 결재를 올려 버린 터였다. "아까 올린 공문을 찾는 것보다 다시 기안하는 게 훨씬 빨라"하고 3학년 교사들이 말했다. 그들과 공문 문구 한 자, 한 자 함께 검토하면서 공문을 작성했다. 작성 완료한 다음 문구를 점검하니 문제가 발견되지 않았다. 이번엔 결재 라인을 점검하고 결재를 올렸다. 교감 선생님과 학교장에게 전화로 결재를 부탁했다. 결재했다는 연락이 왔다. 이번엔 결재가 제대로 올라갔다. 교장 결재가 난 공문을 출력했다. 3학년 담임 한 명은 그 출력물을 들고 3학년 교무실에서 2학년 교무실까지 약 100미터 되는 거리를 내내달렸다. 17시 40분.

잠시 뒤 교내 연결망인 교육메신저로 쪽지가 왔다는 신호가 울렸다. 쪽지 보관함을 열었다. 출력물을 스캔한 파일이 날아왔다. 첨부 파일을 다운받아 이름을 바꾸고 영숙이가 지원한 서울지방 대학 입학처 홈페이지에 접속해 업로드했다. 세 단계 일을 끝낸 시간은 17시 45분이었다. 영숙이가 다급한 표정을 지으며 찾아온 지 35분이 지났다. 17시 47분. 영숙이가 교무실로 와서 추천서가 업로드됐다는 문자를 받았다고 했다.

긴박했던 35분이 지난 뒤 나와 3학년 담임 셋은 가슴을 쓸었다. 표준말을 사용하는 영숙이 담임 선생님이 추천서가 업로드 되지 않았을 경우 일어날 일을 알렸다.

"추천서가 정해진 시간 안에 업로드 되지 않으면 해당 학생은 불합격 처리됩니다. 그 뒤에는 책임 소재를 가리는 일이 이어집니다. 김 선생님이 부장을 맡고 학교장 추천 전형 담당을 하므로 오롯이 책임을 져야 합니다. 영숙이가 그 대학은 물론 다른 대학에 진학하지 못하는 경우 재수 비용을 부담해야 합니다. 1년 대학 진학이 늦어지면 취업도 늦어지므로 1년 치 연봉, 1년 치 연금까지 배상해야 하고요. 위자료까지 요구하면 최소한 1억 정도까지 배상을 해준 판결이 있더라고요."

그뿐인가? 업무 처리 제대로 처리하지 못해 학생을 불합격시킨 사람이 된다. 소송에 휘말릴 수 있다. 소송 당사자가 되면 큰바람 몰아치고 해일 밀려오고 등대 없는 밤바다로 배를 몰고 가야만 하는 처지가 된다. 큰바람에 시달리고 해일에 떠밀려 다니다 겨우 뭍에 올라오더라도 만신창이가 된 다음이다. 보이지 않는 상처를 지닌 채 투명 인간 같은 존재가 될 뻔했다.

선후배 동료교사, 교감 선생님, 학교장의 도움으로 아찔한 순간을 기적으로 되돌릴 수 있었다. 누가 시험하기라도 하듯 시작은 예고 없었고 사나웠으나, 문제 해결에 필요한 요소는 다 갖추어져 있었다.

영숙이가 교무실로 와 알렸을 때 부산에서 버스로 출퇴근하는 학교장이 그 시간에 부산행 버스 안에 있었더라면 고속도로를 달리고 있는 버스를 되돌릴 수도 있었겠는가. 학교장이 퇴근해 버렸더라면 날아오는 화살을 뻔히 보면서 맞았을 것이다. 학교장이 퇴근을 미루고 일이 끝날 때까지 기다려 주었다.

동료들이 업무를 끝내고 퇴근한 뒤에 혼자 세 단계 일을 처리할 수 있었을까? 혼자 문서 작성하고, 결재하고, 스캔 가능한 프린트기 찾느라 각 학년 교무실 찾아다니고, 그런 다음 대학 입학처 홈페이지에 업로드했다면 35분 만에 처리하지 못했을 것이다. 그날은 4년제 대학 원서접수를 마감한 날이었다. 3학년 담임들이 퇴근하지 않고 남아 있었던 것도 기적이었다. 학교장한테 올리는 결재 서류를 기안할 때 선배교사들이 힘을 실어준 덕에 문제없이 결재를 올릴 수 있었다. 학교장 결재가 나자 후배교사는 말없이 서류를 들고 스캔하러 내달렸다.

35분 동안 불어온 태풍은 순간풍속이 셌다. 35분 동안 덮친 해일은 모든 것을 삼킬 정도였다. 동료교사와 교감 선생님, 학교장의 도움으로 1억을 벌었다. 무엇과도 바꿀 수 없는 + α, 과거의 나와 미래의 나를 지킬 수 있었다. 먼 훗날 이날 보낸 35분을 위기극복 사례로 말할 날이 있을 것이다.

(2019.10.30.)

23

현직 교사의 좌충우돌 교실 이야기 **울지 않는 아이**

선배를 정하다

창수한테 3학년들과 맞선 이유부터 자기를 힘으로 제압해야 선배로 인정한다는 선배 기준, 무면허로 운전하는 3학년 선배가 아니꼽기 때문에 실력으로 제압하겠다는 당찬 포부까지 들었다. 불만 가득한 어린 영혼은 나에게 선생님이란 호칭은 한 번도 사용하지 않았다.

선배를 정하다

점심시간 급식소에 가서 밥을 먹어야 했다. 나온 음식은 마요네즈 계란 덮밥, 떡볶이, 장우동이었다. 학생들 기호를 고려한 식단이었다. 햅쌀로 지은 밑에는 노릿노릿 누룽지가 얇게 깔린 맨밥, 가을배추로 담근 김치가 절로 그리워졌다. 없는 것을 원하기보다 현실을 받아들이기로 하고 급식소에서 나온 밥을 먹었다. 속이 니글거리고 소장이 끓어올랐다. 교무실로 돌아와 생수로 속을 진정시키고 오후 수업을 준비하려고 자리에 앉았다.

동료교사가 다가왔다.

"학생자치회실 복도에 학생들이 잔뜩 모였는데…."

말끝을 흐렸다. 학생부 관련 업무만 15년을 했다. 그 말만 들어도 무슨 일이 일어나고 있는지 짐작할 만했다. 불구경하고 싸움구경이 제일 재미난 구경이라는 말이 있지 않은가. 소화전 비상벨이 울리지 않았으니 불은 나지 않았을 터. 후자일 것이리라. 실내화 벨크로 벨트(일명 찍찍이)를 단단히 조았다. 교무실에서 학생자치회실까지는 교실 세 개 지나면 나온다. 걸어가는 짧은 시간 동안 사건 처리부터 혹 일어날 불상사까지 머릿속에 동영상처럼 그려봤다.

학생자치회실 유리창 너머로 안을 들여다봤다. 수업 들어가는 3학년생들이 창을 등지고 다섯 명 서 있었다. 창을 마주보고 역시 수업 들어가는 1학년 둘이 보였다. 3학년보다 1학년 둘이 덩치가 더 컸다. 게다가 한 녀석은 목검을 들고 만지작거리고 있었다. 한 녀석은 3학년들과 맞서고 있었다. 입모양으로 봐 욕설을 내뱉는 것처럼 보였다.

'고함을 치면 안 된다. 기 싸움을 주도하고 있는 녀석을 찾자.'

학생자치회실 유리창에 눈을 바짝 대고 상황을 관찰했다. 1학년은 어깨를 펴고 다리도 벌리고 손도 자유롭게 놀렸다. 3학년들은 두 손을 단전 근처에 가지런히 모은 채 움츠렸다. 3학년 가운데 한 녀석은 수업 시간에 자기가 알고 있는 내용이 나오면 다른 교과 책을 당당하게 펼쳤다. 그런데 지금은 그런 모습을 찾을 수 없었다.

상황 파악을 끝냈다. 드르륵 문을 열었다.

"야, 성주(가명) 여기가 해동검도장이가? 목검은 사물함 위에 올려 놔."

에둘러 말하면서 심각한 분위기를 누그러뜨렸다. 욕설이 난무하던 학생자치회실 안은 조용해졌다. 나에게 눈길이 쏟아졌다.

"창수(가명)."

3학년들과 맞서던 1학년생을 불렀다. 불쾌한 눈빛으로 쏘아보았다. 오른팔을 들어 손을 뻗고 따라오라는 손짓을 했다. 한숨을 뱉더니 사나운 눈빛으로 3학년들 둘러보고 학생자치회실 밖으로 나왔다.

"3학년 교무실로 가지. 니가 앞장 서라."

3학년들이 등을 보인 1학년을 공격할 것을 대비하려고 그랬다.

앞에 가는 녀석은 1학년치고 덩치가 컸다. 두상도 크고 목이 짧았다. 어깨도 둥그스럼했다. 투기 종목 운동도 최소 3년 정도는 한 체형이었다. 허벅지도 굵었다. 학생자치회실에 있는 3학년들보다 우람했다.

학년실로 그 학생을 데리고 갔다. 학년실 옆 상담실 소파에 마주 앉았다.

"할 말 만켔다이?"

"매점에서 3학년이 내 어깨를 치고 가잖아요?"

"3학년이 일부로 친 거 아니잖아?"

"걍 받친 건데, 사과를 안 하잖아요. 짱나서 잡으러 왔는데예. 3학년은 지가 절대 그런 적 없다면서 잡아떼서 열 채이가꼬. 함 치자 캤는데, 꼬리 내리고, 말만 해서 더 열 채이는데예."

"니는 1학년인데 3학년은 니 선배 아이가?"

"선배 아닌데예. 이 학교에는 선배 없는 데예. 쌈도 못하는데, 그기 우찌 선배라예?"

"아까 본께 니랑같이 셔틀버스 타는 3학년 우승(가명)이도 보이던데? 갸도 선배 아이가?"

"선배, 아닌데예. 우승이는 걍 바본데요."

"니가 생각하는 선배는 있나?"

"주식이(가명)행님예. 이 학교 다니다 자퇴 낸 주식이 행님만 선밴데요. 쌈 잘하잖아요."

"니한테 쌈을 이기면 선배가 되는구나. 니 선배 되기 참 어렵다이."

"3학년에 호수(가명)있지요. 글마 요즘 무쏘 타고 학교까지 오는 거 알고 있어요."

"그거까지 내가 우찌 다 알겄노."

"호수 무쏘 타고 오면 내 오토바이로 받아도 돼요?"

"호수한테는 와 그라는데?"

"쌈도 못하는 기 티껍게(아니꼽게) 설치는 기 짱 나서요."

창수한테 3학년들과 맞선 이유부터 자기를 힘으로 제압해야 선배로 인정한다는 선배 기준, 무면허로 운전하는 3학년 선배가 아니꼽기 때문에 실력으로 제압하겠다는 당찬 포부까지 들었다. 불만 가득한 어린 영혼은 나에게 선생님이란 호칭은 한 번도 사용하지 않았다. 가끔 육두문자까지 섞인 채 거침없이 내뱉는 말을 듣고 있어야 했다.

남은 일처리가 문제였다. 학생부장과 창수 담임에게 사건의 자초지종을 알려 일이 확대되지 않도록 해야 했다.

"일어나자."

"왜, 일어나라 하는데요."

"너, 담임하고 학생부장한테 일을 알려야 된다이가."

"그럴 필요 없는데요?"

"학교에서 일어난 일인데 당연히 학생부장이 알아야지."

"내가 말 하모 되는데, 와? 나서는데요."

학교 사건 처리 절차까지 좌지우지하려고 드는 창수의 말을 듣고 헛웃음만 나왔다. 그 말이 이렇게도 들렸다.

'내하고 싸워서 이길 수 있어요. 내가 싸움을 잘하는데 당신이 왜 나서는 거요.'

"일어나라. 너 담임한테 먼저 가자. 학생부장한테는 따로 알리야겄따."

"내가 담임한테 알리모 되는데, 와 그라는데요."

"일어나. 따라오라면 따라와."

목소리를 쫙 깔았다. 3학년 교무실에서 1학년 교무실까지는 100미터 거리다. 가는 내내 "내가 담임한테 말하모 되는데요."를 스무 번 정도 들었던 것 같다.

1학년 교무실에 갔다. 등받이 없는 의자에 창수를 앉으라 하고 창수 담임한테 자초지종을 말했다. 내가 1학년 교무실을 나올 때까지 창수는 나의 반대편으로 두상을 돌린 채로 앉아 있었다. 보다 못한 1학년 담임이 말했다.

"창수, 3학년 선생님 쪽으로 고개 돌려라."

창수는 일관성이 있었다. 담임의 지시를 거부하면서 내게 눈길을 주지 않았다.

그 일이 있은 뒤 창수는 학교 안팎에서 나한테 인사한 적이 없다.

싸움상대가 안 돼, 교사로 인정하지 않겠다는 결기가 느껴졌다.

(2019.11.2.)

Epilogue

모두의 '봄날'

학교의 부재,
선생님의 부재를 의심하지 않을 수 없는 현실을 살아가고 있다. 그만큼 공교육의 위상이 예전 같지 않다는 얘기이다.
그럼에도 최상의 교사상을 잃지 않고 살아가는 선생님들을 만날 때면, 그들의 소신과 교육철학에 아낌없는 박수를 보내고 싶어진다.

수년 전, 한 수기 공모에 당당히 대상을 수상한 김호준 선생님은 기자가 만난 취재원이었다. 아이들과 함께 좌충우돌 생활하는 그는 내가 만난 선생님 가운데 가장 의로운 모습을 겸비한 교사였다.
함부로 불의와 타협하지 않는 모습이 그랬고, 일탈을 꿈꾸는 아이들에게 따뜻한 자장면을 사 먹이며 그들의 눈높이에서 계도를 하는 모습이 그랬다. 더는 궤도를 이탈하여 탈선을 일삼는 아이들에게도 부모가 갖는 애정으로 학생들을 품어주는 관대한 선생님이었다.

김호준 선생님은 국어교사이자 고 3 부장교사를 맡고 있다. 그럼에도 그의 시선은 언제나 낮은 곳을 향해 있다. 구석진 곳을 지키고 살아가는 존재들, 울음을 참고 생활하는 '울지 않는 아이들' 편에 그의 시선은 늘 머문다.

그리 짧지 않은 시간을 지켜 본 내게, 교사 김호준 선생님은 종종 '의인' 이기도 했다. 배구부 친구들을 인솔하는 교사의 모습에서도, 글쓰기를 지도하는 감성 충만의 교사로서도 그는 언제나 한결같은 선생님이었다. 단행본 〈울지 않는 아이〉는 가슴 따뜻한 선생님, 교사 김호준을 알게 해주는 썩 괜찮은 '학교생활일기' 라도 이름 해도 좋을 것이다.

세계적 팬더믹으로까지 우려하고 있는 코로나 19의 날들은 학교와 교실, 선생님을 잃어버린 아이들까지 만들고 있다. 2020년 3월, 개학과 입학이 연기되는 이 우울한 날들에 〈울지 않는 아이〉는 희망의 메신저가 될 지도 모른다. 분명 그럴 것이다.

'마음' 을 얻으면 그의 전부를 얻게 된다는 말이 새삼 더 가깝다.

선생님의 마음을 얻는 아이들, 동료교사의 마음을 얻는 선생님들이 더 많은 세상이라면 삶의 온기는 충분하다.
길을 안내하는 참 좋은 안내자, 김호준 선생님을 힘껏 응원한다. 선생님의 아이들을 만나고 싶어진다. 이 기다림이 최상의 '봄마중' 이 되기를 소원한다.

2020년 3월, 모두의 봄날을 기다리며

맑은소리맑은나라 발행인 김 윤 희

울지 않는 아이

인쇄 2020년 03월 20일
발행 2020년 03월 31일

지은이 김호준

펴낸이 김윤희
펴낸곳 맑은소리맑은나라
디자인 김창미
사진 김윤희
출판등록 2000년 7월 10일 제 02-01-295 호
주소 부산광역시 중구 중앙대로 22 동방빌딩 301호
전화 051-255-0263 **팩스** 051-255-0953
이메일 puremind-ms@hanmail.net

값 15,000원
ISBN 978-89-94782-73-7 03800